転生令嬢は精霊に愛されて最強です……
だけど普通に恋したい！5

The Reincarnated Count's daughter is the strongest as she is loved by spirits, though she is only wishing for regular romance!

風間レイ
◆
イラスト：藤小豆

TOブックス

です……だけど普通に恋したい！

e n t s

転生令嬢は精霊に愛されて最強

イラスト／藤小豆　デザイン／伸童舎

c o n t

［ディアドラの精霊獣］

イフリー

火の精霊獣。
全身炎の毛皮で包まれたフェンリル。

リヴァ

水の精霊獣。東洋の竜。

ガイア

土の精霊獣。麒麟。

ジン

風の精霊獣。
羽の生えた黒猫。

［ベリサリオ辺境伯家］

ディアドラ

主人公。元アラサーOLの転生者。前世の反省から普通の結婚を望んでいる。しかし精霊王からは寵愛、皇太子からは求婚され、どんどん平穏から遠ざかってしまう。

オーガスト

ディアドラの父。精霊の森の件で辺境伯ながら皇族に次ぐ待遇を得る。

ナディア

ディアドラの母。皇帝と友人関係。

アラン

ディアドラの兄。シスコンの次男。マイペースな突っ込み役。

クリス

ディアドラの兄。神童。冷たい腹黒タイプながら実はシスコン。

characters

【皇族】

アンドリュー皇太子

アゼリア帝国の皇太子。
ディアドラの良き理解者。
クリスとは学園の同級生。

[ルフタネン]

サロモン

侯爵家嫡男だが、
カミルを気に入り
彼の参謀になる。

カミル

ルフタネンの元
第五王子。現在は
公爵。国を救う
ため、ベリサリオ
に訪れる。

モアナ

ルフタネンの
水の精霊王。
瑠璃の妹。

[アゼリア帝国精霊王]

瑠璃

水の精霊王。
ベリサリオ辺境伯領
の湖に住居をもつ。
精霊を助けてくれた
ディアドラに感謝し
祝福を与える。

蘇芳

火の精霊王。
ノーランド辺境伯領
の火山に住居をもつ。
明るく豪胆。琥珀や
翡翠に怒られること
もある。

翡翠

風の精霊王。
コルケット辺境伯領
に住居をもつ。感情
を素直に表すタイプ。

琥珀

土の精霊王。
皇都に住居をもつ。
精霊の森とアーロン
の滝まで道をつなげ
ることを条件に精霊
を与えると約束する。

story

同人誌作りに没頭しすぎて命を落としたアラサーOLが転生したのは、砂漠化が迫る国の辺境伯令嬢・ディアドラだった。隣国ルフタネンの危機を救った彼女の元に、精霊王28人が集結した。彼らから縁談をもちこまれるも、王族は論外だと一刀両断。だが、カミルにまで婚約者に立候補されることに。妖精姫の取り合いで戦争になりそうだと知ったこともあり、条件的には合っている彼からの申し出に悩むディアドラ。カミルと話し合っているうちに、彼女は本気で恋愛について考え始めるのだった。

プロローグ

世界では様々な事件事故が起こっているとしても、私の周囲では平和な時が流れ、王太子の結婚を祝う式典に参加するため、ルフタネンを訪問する日が近づいてきた。

両親と旅行に行くのも初めてだし、帝国の外に行くのも初めてで、予定の日が近づくにつれて期待で胸がしゅわしゅわする。

この気持ちは誰でもわかってくれると思う。

胸の奥が早く早くとせかして震えている感じ。走り出したくて足がうずうずする感じよ。

黒髪に黒い瞳の人達が暮らす島国と聞いたら、行きたいに決まっているわ。

日本とは文化も気候も違うのはわかっているのよ。アロハ着ている人達なんだから。

それでも。

それでも、新しい何かが始まるような胸の高鳴りを感じるの。

なんて、子供らしく可愛らしい期待に胸を躍らせていた時期が、私にもありました。

今もワクワクは止まっていないし、絶対に楽しい旅行にしてやるって意気込みは健在よ。

でも個人の観光旅行ではないのよね。

実は公式訪問の際に重要なお仕事が出来てしまって、その件で今日は皇宮に来ているの。

窓の外は晴れて青い空が広がり、皇都もすっかり暖かい春の陽気だ。風も爽やかで、微かに中庭から花の香りが漂ってくる。

こういう日は散歩したいな。

海の見えるベリサリオの庭を、瑠璃の湖までのんびりと歩いたら気持ちよさそう。

「第三王子は、イースディル公爵暗殺未遂容疑で捕らえられたと聞き及んでおりますが」

と、現実逃避している場合ではない。

部屋のこの重苦しい空気をどうにかしなくては。

パウエル公爵の声はいつもより低く、ルフタネンメンバーを見る表情は冷ややかだ。

ここは皇宮の中でも特に豪華な、ＶＩＰ専用の会議室だ。

壁には見事なアーロンの滝の絵が飾られ、壁につけられた魔道照明が落ち着いた色合いの光を投げかけている。家具も椅子も重厚なデザインだが当然すべて大人用なので、私の身長では椅子に座ると足がつかない。

大きな長方形のテーブルが部屋の中央に置いてあり、長い側の、私から見て右側に皇太子を中心に帝国の公爵や前辺境伯が座り、左側にカミルを中心にサロモンと王太子補佐官のエリオット・スタール伯爵が座っている。

そして私とうちの家族はその中間、誕生日席に当たる場所に私を中心に腰を下ろしていた。

ここまではまだいい。

明後日からルフタネンを訪問する予定なのだし、この時期にこの場所にこのメンバーが集まっていてもおかしくはない。

おかしいのは、私の背後に四人の精霊王が立っているということだ。

帝国の人達が並ぶ右側に瑠璃と琥珀が、ルフタネンの人達がいる左側にモアナと東島を担当している土の精霊王のアイナが立っている。

両国とも水と土の精霊王なんだねー。偶然だねー。……はあ。

「あれから何年ですか？　五年近くは経っているはず。まだ裁判の判決が出ていなかったということですかな」

前ノーランド辺境伯のバーソロミュー様が、厳しい口調で言えば、

「第二王子暗殺にもかかわっていたと聞きます。なぜ、死刑になっていないのですか。少々甘くはないですかね」

前コルケット辺境伯のドルフ様も、テーブルに手をついて身を乗り出すようにして非難した。

普段私に接する時には、温厚で優しい祖父のような顔をするふたりだけど、こういう場ではさすがに近づきがたいオーラみたいなものが溢れているわね。

「我が国には我が国の事情があります。それを他国に責められる謂れはありません」

それに応えたのはエリオットだ。

にこやかな笑みを顔に張り付けて、ことさら穏やかな声で答えているけど、帝国側に負けていない。

この人はまだ若いのよ。

王太子が今年二十五歳。その補佐官の一人である彼は二十七歳。子供の頃からの側近で、王太子の右腕と言われているやり手なんだってさ。

王太子の傍らにいなければいけない彼がこの場にいるっていうことが、この会議の重要性を物語っているよね。

「甘いと言えば……帝国でも前皇帝エーフェニア陛下と将軍が……今は男爵でしたでしょうか。幽閉もされず、ふたり一緒に地方で生活なさっていると聞きます。ずいぶんと甘くはないですかね？」

サロモンまで参戦しだしたぞ。

「おふたりともまだ若い、第三皇子がお生まれになりでもしたら、国が荒れる危険がありませんか？」

あーーー！　そうだよ！

十八で結婚して、今は三十三？　四？

子供が出来たっておかしくない年齢だわ！

その可能性を全く考えていなかった！

「子供！　そうですよね。おふたりは仲がいい夫婦なんですもん。子供が出来るかもしれないですよね」

「「「…………」」」

……え？

この何とも言えない沈黙は何？

みんなの微妙な表情も何？

妖精姫が子供の作り方を知っているのか?!　っていう驚愕の顔?

十一にもなって、子供がどうしたら生まれるのかも知らないのか?!　って引いている顔?

どっちかわからないから、せめて誰か何か言いなさいよ!

「ゴホン」

お母様が口元を隠して小さく咳ばらいをしたら、魔法が解けたようにみんなが顔を背けて動き出した。

「その話は正確ではありませんね。幽閉はされていませんが、同じ屋敷とはいえ別の棟に別々に軟禁されています」

え?　そうなの?

私以外驚いていないってことは、みんなは知っていたの?

「月に何度かは面会出来るそうよ」

お母様は私に知らせたくなかったのか困った顔で言うけれど、私としては驚いただけで、ショックを受けたわけでも、処分に文句があるわけでもない。

むしろ、言われてみれば当然の話よね。

そうか。将軍との生活だけを守ろうとして、他のことをないがしろにしたエーフェニア様は、すべてを失ってひとりで暮らしているのか。

「そうでしたか。差し出がましいことを申し上げてしまいました」

「いいえ。我々も少し感情的になっていたようです。申し訳ない」

辺境伯ふたりとエリオットとサロモンが謝罪し合い、少しだけ場の空気が和らいだ。

「話を戻そう。我々が心配しているのは妖精姫の身の安全だ。ベリサリオが今回の話を引き受けるとはどういうことだ？」

両親の話をされても皇太子は眉ひとつ動かさない。

当然だけどね。

この程度で感情を表に出していては、政治なんてやっていられないでしょ。

「心配していないからです」

今まで黙って話を聞いていたお父様が、皇太子の質問に答えた。

「ディアの精霊獣を突破して、彼女を傷つけられる人間などいません。今回は瑠璃様も守ってくださるとおっしゃっていますし、全く問題はありません」

「むしろ、周囲への被害が心配ですね。その辺は気を付けてもらわないと、あとで責任問題になっては困る」

「わかっていますわ、クリスお兄様。ちゃんと人気のない場所に連れ込んでからやっつけます」

私の精霊はみんな魔精だから、アランお兄様のような戦い方は出来ない。

でもね、魔精は範囲攻撃出来るのよ。魔力が強ければ範囲も広いのさ。

しかも私は魔力量も多い。

強力な結界を広範囲に張りつつ、範囲魔法でドッカンドッカン攻撃出来るわよ。

もちろん、ぎゅうっと圧縮してひとりに魔法をぶつけることも出来るしね。

それに、もしもの時に身を守れないと駄目だよって、みんなが護身術を教えてくれたから、意外と戦闘能力高いのよ。

「どんなに強くても精神的に傷つく心配だってあるでしょう。ディアはまだ十一歳の女の子なんですよ。危険があるとわかっているのに、我が国に来る必要はないはずだ」

「え？」

「は？」

カミルの発言に、帝国側から間の抜けた声が上がった。

だからさ、最初から言ってるでしょ。

帝国首脳陣もルフタネン側も、人間はうちの家族を除いて全員、私がルフタネンに行くことを反対しているの。

ここで言い合いをするだけ無駄なの。

「それを守るのがきみの役目じゃないのか？　それも出来ないくせに、ディアの結婚相手に立候補したのか？」

うげっ！　クリスお兄様、こんなところで何を言い出すのよ。

うちの家族も他人事みたいなのんびりした顔で黙っていないでよ。

帝国側の人達が、はっとした顔でカミルを凝視しているじゃない。

「……そうか、わかった。私がずっと傍にいて彼女を守ればいいんだな」

「瑠璃様がいてくださるんだ。きみの出番はないんじゃないか？」

はーい。そこで睨み合わないで！

『あなた達、いい加減にしなさいな』

うんざりとため息をついて髪をかきあげながら、琥珀がテーブルにお行儀悪く腰を下ろした。

横向きになって、お尻を半分だけテーブルに乗せてるのよ。色っぽいけどさ、みんなびっくりよ。

『今回のことは、ルフタネンの精霊王から私達が頼まれて、後ろ盾になっているディアに依頼したの。彼女がやると言ってくれたんだから、本当は家族にだけ知らせればよかったのよ。でも筋は通したいってベリサリオが言うから、両国の首脳陣に報告することにしただけよ』

『そういうことだ。おまえ達の意見を聞きに来たのではない。ディアの心配をするのはわかるが、私が彼女を傷つけさせるわけがないだろう』

そう。これは精霊王から依頼されたお仕事なの。

カミルも後から知らされたのよ。

事の起こりは三日前の未明。

ルフタネン王宮敷地内の地下牢に捕らえられていた第三王子が、何者かの手を借りて脱走したの。

第三王子って、母親が西島出身で正妃だった人の子供ね。

自分は正妃の子供なのだから、第二王妃の子供である王太子より自分が次期国王に相応しい。だから、カミルを暗殺しようとしたのも、第四王子に第二王子暗殺をさせたのも、自分が正当な権利を得るためだっていうのが彼の言い分なのよ。

でも今更、第三王子が名乗りを上げても、誰も彼を支持するわけがない。

ずっと引き篭もって姿を見せなかった精霊王達が姿を現し、ニコデムス教を島から追い出したのは王太子の功績ということになっている。

精霊王が王太子に会いに王宮に姿を現すのは、ルフタネン人には有名な話だ。

だから第三王子陣営は考えた。

精霊王を味方につけるために、妖精姫を手に入れよう。

馬鹿だねー！

私に手を出したら、精霊王を怒らせるだけだっつーの。

でも、第三王子は能天気に、妖精姫はきっと自分を気に入る。

そして自分こそが王になるべきだと力を貸してくれるはずだと、捕らえられている時から話していたらしい。

たぶん何年も地下牢にいたから、妄想と現実の違いがわからなくなっているんだね。

だから囮になって、第三王子と、どうやら合流しているらしい第四王子を捕らえるか、始末する手助けをしてくれないかっていうのが、精霊王からの依頼なのよ。

『これは私の我儘です。ルフタネンの人は関係ありません』

今日はモアナも、いつもの明るい雰囲気はない。

『他の精霊王が引き篭もってしまって連絡が取れなかった間、ラデク……王太子とゾルとカミルの三人が、唯一の話し相手でした。赤ん坊だった頃から彼らが育つのを、ずっと見守ってきたんです。ゾルは兄弟思いの王子でした。不器用な優しさで、いつも私のことを心配してくれた。自分の犯した罪を悔やみ、おとなしく罰を受けるならまだしも、まだ自分が王に相応しいなどと世迷いごとを言うなんて。ゾルを殺し、カミルを殺そうとした愚かな人間を私は許せない』

でも精霊王は、精霊が被害にあうか精霊王の住居を破壊された場合以外、人間の生活に干渉してはいけないという決まりがある。

だから本来なら、今回の件に精霊王が口を出すのは駄目なのよ。

ただし、ひとつだけ例外がある。

精霊王が後ろ盾になっている妖精姫が要請した場合。あるいは、妖精姫が傷つけられる危険がある場合、精霊王はその相手を許さない。

それはもう以前から瑠璃が明言していて、近隣諸国も認識している話だ。

私が今ルフタネンに行けば、第三王子は必ず接近してくるわ。力ずくでも自分の陣営に組み込もうとするはずよ。

もうそれ以外に第三王子が王位につく方法はないのだから。

それを精霊王、特にモアナは待っているのよ。

『何度も言いますが、これは私達精霊王が妖精姫に依頼した話です。ルフタネンが帝国に恩を感じる必要はありません。でも私は、妖精姫とベリサリオ、そして帝国に感謝するでしょう』

『私もよ。ルフタネンの精霊王はみんな、妖精姫に感謝している。帝国の首脳陣が、カミルに協力してくれたことに感謝しているわ。今後も二国がより良い関係を築いていくことを望んでいる』

アイナは同じ土の精霊王でも琥珀とはだいぶタイプが違う。見た感じの雰囲気はシャーマンだ。

アオザイって知ってる？　ベトナムの民族衣装ね。

アイナは下に白い薄い布のズボンをはいて、アオザイによく似た卵色の横スリットの入った服を着ているの。

手首と足首に小さな石のついた装飾品をつけて、サンダルを履いているのよ。この世界にサンダルってあったのね。

額につけているのは猫目石かな。黄色に白い筋の入った大きい石が金色の鎖で留められていた。

「ディアは、本当にいいのか？　危険だぞ」

皇太子は約束を守って、今でも本当の兄のように接してくれている。

皇族の事情もあるんだろうけど、たぶん本気で心配してくれているんだろうなと思うくらいには、彼を信用しているわ。

「私が一番怖いのは、家族が巻き込まれて傷つくことです。ですから、ルフタネンにいる間、家族もパウエル公爵にも私とは別行動してもらいます」

『彼らのことは私が守るわ。安心して』

琥珀がウインク付きで請け合ってくれた。

「ベリサリオも本当にそれでいいんだな？」

「よくはありませんが、私達よりディアは強い」

「そうですわ。それに私達は王太子殿下の結婚式に出なくてはいけませんもの」

この件に関しては、家族とは相談済みだ。

精霊王には、日頃お世話になっているんだもん。お世話もしているけど。

お願いされたら断れないよ。手伝いたい。

「本当は僕も行きたいけど、それではディアが心配してしまって集中できないだろう。僕だって、自分で自分の身ぐらい守れるのに」

「兄上は来年ルフタネンに行くんだから、ここは僕が行くべきなんだよ」

「ふたりともおやめなさい。ここはカミルに頑張ってもらいましょう」

「でも母上、あいつが危ないかもしれないですよ」

「変なことしたら殺す」

クリスお兄様、殺気漏れてます漏れてます。

「いつものクリスで安心した」

いや皇太子、そこは止めろよ。


会議が終わって城に戻ってから、私はもう一度ウィキくんを確認した。

ルフタネンに記憶を持ったままの転生者がいたのは、百年以上前。

今のように島ごとに代表を決めて家族全員と交流するようなことは、その頃には行われていなくて、精霊王達は賢王と呼ばれた転生者以外とはあまり接点を持たなかった。

そのため賢王を失った衝撃は大きく、人間達が精霊の大切さを忘れていくことへの怒りもあって、精霊王達はそれぞれの住居に閉じこもってしまった。

「これがかの有名な、精霊王引き篭もり事件ね」

百年ふて寝するってアホじゃないのかと思うわ。

その結果、仲間と交流出来なくなったモアナは寂しくて、生まれた時から交流のあった三人の王子と親しくなったのよね。

だから第二王子のゾルを暗殺した第三王子と第四王子が許せないのよ。

もとはといえば、それぞれ母親の違う王子が六人もいることが問題ではあったんだけど、でもまあ仕方ないかな。この世界には前世みたいに電話もなく、テレビもラジオもないんだよ。

東島から北島までが船で片道六時間。北島と南島なんて十時間以上かかる。

今は精霊が守ってくれるけど、海にだって魔獣がいて、船旅は危険なものだった。

そしたらさ、隣の島が何をしているかなんてわからないでしょ。

どの島の人達も、島内の住人の生活を安定させるほうが重要で、ルフタネン王国としての意識は薄かった。

それではやばいというので、前王は四つの島からそれぞれ嫁を貰うことにしたの。

一番権力欲があり、次期国王はうちの島の姫から生まれた子供になってほしいと騒いだのが西島だ。正妃でなければ嫁は出さんと息巻いたらしい。

でも他の島の人達は、王権争いには全く興味がなかった。

南島は南方諸国との関係が強く、一大農業地帯だ。カカオ以外にも、ここでしか栽培出来ない作物があるために生活水準が高い。

北島だって、大陸との貿易の玄関口として栄えている島だ。

帝国を経由して、大陸のいろんな国の人々が訪れ、文化的にもルフタネンで一番華やかだ。

だからむしろ、王家と関係が深くなるのは面倒だと考えていた。

だから、どうぞどうぞと正妃の地位を西島の御令嬢に譲ってしまった。

東島は王宮のある島で、王族はもともと東島の出身者だしね。

でも正妃が生んだのは姫ばかり。

その間に第二王妃である東島の王妃が、ふたりの王子を生んでしまった。

そしてようやく正妃が生んだのが第三王子。

この第三王子が優れた王子だったら、もしかしたら今頃、彼が王太子になっていたなんて未来もあったのかもしれない。

でも正妃に溺愛されて育った王子は、気位ばかり高い我儘王子で、誰がどう見ても第一王子のほうが次期国王に相応しかった。

でも、正妃と第三王子にしてみれば、自分達こそが正当な王位継承者だ。

邪魔な王妃と王子は殺してしまおうと考えた。

一番若く最後に結婚した北島出身の第四王妃は、毒殺された。

カミルが生まれてすぐに王位継承から外して、隠すように王宮のはずれの屋敷に閉じ込めたのは正妃だったらしい。

それでも殺そうとした第三王子よりは、子供に手を出すのをためらうだけの分別が正妃にはあったのかもね。

第四王妃が殺害されたことで、第三王妃は身の危険を感じてさっさと南島に帰ってしまった。

でも彼女の息子である第四王子は、自分にだって国王になる権利はあるはずだと王宮に留まり、手助けしてくれない南島の貴族ではなく、協力してくれるという第三王子と手を組んだ。

馬鹿だねー。

利用されて第二王子殺害の主犯にされて、南島の貴族にも家族にも見捨てられて、ずーっと身を隠すしかなかったのに、また第三王子と合流するなんて。

もうほかに、打つ手がないんだろうな。

私ね、本当はちょっとだけワクワクしている。

いけないってわかっているし、こんなこと誰にも言わないよ?

でもせっかく精霊獣を育てたのに、今までほとんど小型化で顕現させていて、本来の姿にさせてあげられなかったんだもん。

今度ばかりは本来の大きさで顕現出来るかもしれない。

もちろんこれはルフタネンの問題で、モアナの問題だってわかっているわよ?

私が手を下すことじゃないし、やれと言われてもきっと無理。

私の精霊獣に人殺しはさせたくないから。

つまり、おとなしく瑠璃とカミルにくっついて、王子達をおびき寄せる餌になればいいんでしょう？

まかせろ！　ついでにしっかり観光もしちゃうわよ。

美味しいものをいっぱい食べて、お土産もいっぱい買って、ルフタネンの経済に貢献してあげようじゃないの。

いざ！　ルフタネンへ

とうとうルフタネン出発の日がやってまいりました！

旅の荷物や贈り物は船便で先に運んだので、今日は身の回りの物だけ運んでもらえばいいはずなのに、城全体が早朝からわさわさしている。

同行するパウエル公爵や見送りの人達が城に来るから、その出迎えもあるのかな？

私は朝早くからメイドに磨き上げられて、ピカピカのつるつるですよ。

ルフタネン王太子と婚約者のタチアナ様にお会いするので、失礼のないように準備しなくては。

髪はハーフアップにして、貝殻を模したゴールドと真珠の髪留めをつけている。あちらはベリサリオより暑いそうなので、白を基調にアクアマリン色の入った涼しげなドレスを選んだ。

水や風の精霊がいれば自分の周りは快適にしてくれるから、どんなドレスでも平気だけど見た目の涼しさも重要よ。

それなのにルフタネンの民族衣装って、膝丈の上着にブーツ姿だよ。見ているだけで暑くなってくるわ。

貴族は精霊を持っているのが当たり前の国だから、この服装でも快適でいられるというのを見せるために、ああいう服装になったんですって。

見栄か。

見栄で作られた民族衣装ってどうなのよ。

しかも黒を基調にしている人が多くて、ターコイズグリーンを基調としているベリサリオの騎士とのコントラストがすごいわよ。

「お嬢、そろそろ中庭に移動する時間です」

一緒にルフタネンに行くレックスとネリーは、昨日から張り切っている。

ネリーなんて私の小物やアクセサリーを整理して、何度も確認し直して、中庭と部屋を何往復もしていた。落ち着け。

彼女ってば、側近だから好きなドレスを着ればいいって言ったのに、メイド服を着ようとしているのよ。

「仕事にプライドを持っていますから」

って、どや顔で言っていたわ。

でも本当は、自分のことは自分でどうにかするから、出来れば私ひとりで行動させてほしい。

私だけならどうとでもなるのよ。ちっとも心配してないの。周囲が心配なのよ。

レックスは自分の身くらいは守れるって言うんだけど、ネリーがいるでしょ。だから、ブラッドが彼らの護衛として同行することになっているの。

そこまでしても、自分の侍女を連れて行くのが、貴族の令嬢としては当然のことなんだって。

そして、私にはジェマが張り付く。

クリスお兄様に、第三王子なんかよりカミルを見張っておけばいいと言われているそうだ。

甘いな、お兄様。

カミルを女の子と間違えた時、ジェマもその場にいたせいか、カミル推しだとひとりで盛り上がっているわよ。

恐るべしカミル。

女性陣の味方を、着々と増やしているぞ。

中庭には家族の中で私が一番に到着したのに、もう人でいっぱいよ。

私達と同行する執事やメイド、執務官や外交官が順番にルフタネンに転移魔法で連れて行ってもらっているの。

ここはベリサリオ城の中庭だから、あまり多くのルフタネン人がこの場所に転移して来られるようになっては困るので、キースとカミルが大忙しだ。

こうなるのはわかっていたから、私が転移魔法で空間を繋げようかって話したんだけど、それはルフタネン側の衝撃が大きすぎて、目撃した人がパニックになると困るからやめてくれと言われてしまった。

転移魔法が使える人がほかにふたり来ていて、彼らは王族から信頼されているルフタネンでも五本の指に入る魔道士なんですって。

彼ら、さっきからこっちをちらちらと気にしているのよね。

私って、魔道士に好かれるタイプなのかな。魔力が溢れてる？

はい。私が妖精姫です。近くで見るチャンスだぞ、とにっこり会釈したら、慌てて目を逸らしたり仰々しくお辞儀された。

「ディア……本当に行ってしまうんだね」

「ハンカチは持った？　体調は万全？」

どこからかお兄様ふたりが駆け寄ってきた。

クリスお兄様、さりげなく城の中に連れ戻そうとするのはやめて。

「クリスお兄様、引っ張らないでください」

「ああ、ごめん。無意識だった」

「ディア、無茶はしちゃ駄目だよ。多少街を壊してもいいから怪我はしないようにね」

「アランの言うとおりだ。自分の身を第一に守るんだよ」

「街を壊しちゃ駄目だし、瑠璃がいるのに危険なんてありませんよ。あ、皆さん到着しましたよ
……って、なんだこの顔ぶれ」

なんで帝国の公爵と辺境伯は、すぐに勢揃いしたがるのさ。

辺境伯なんて、先代と今の当主が揃って顔を出しているじゃないか。

結婚式に参列するだけよ？　私はしないけど。今生の別れじゃないのよ。

でもわざわざ来てくださったのに、文句を言っては失礼だ。

帝国の重要人物であるパウエル公爵とうちの両親の見送りだと思えば、大袈裟ではないのかもしれない。

「ディア、とても綺麗だね。また少し背が伸びたんじゃないかい？」

さすがイケメンのパオロ。

さらっと誉め言葉をかましてくるぜ。

「ありがとうございます。でも、近衛騎士団団長が、こんなところにいていいんですか」

「見送りくらいはさせてくれよ。それにほら、皇太子殿下から預かりものがあるんだ」

なんだこれ。

小さな棍棒？　でも十センチくらいの長さしかないわよ。魔道具か何か？

「魔力を通すと伸びるんだ。これで思い切り殴れば、ディアなら相手をぶっ飛ばせるって皇太子殿下がおっしゃっていたよ」

「物理攻撃をしろと？」

「周囲のダメージを考えると、それに属性を付与して殴るのがいいんじゃないかという話になった」

「あの、魔力は強くても腕力は普通なんですが」

「そうなの⁈」

なぜそこで驚く。私をゴリラだとでも思っているのか。

戦闘経験だってないんだからね。

護身術をちょっとだけ習っている普通の御令嬢よ。

皇太子も同罪だな。

土産を買ってきてあげようと思っていたのになにさ。海藻を執務室にぶちまけるぞ。

「いいね。何かあったら、それでカミルを殴ればいいんだよ」

「公爵を殴るのはまずいだろう」

「正当防衛なら許されます」

もうクリスお兄様とパオロは放っておこう。

他の方達は、ちゃんと心配してくれて、無理するなよとか、身の危険を感じたらすぐに帝国に転移して逃げておいでよと言ってくれた。

「そろそろ私達もまいりましょうか」

「そうですね」

やっと私達の番だ。

お父様とお母様を転移させてくれるのはキースだ。

私のほうは、カミルが手を差し出してきた。

「準備が出来たなら行こうか」

「はい」

でも、手を取ろうと私が腕を伸ばすより早く、横からクリスお兄様の手が伸びてきて私の手を掴んだ。

「帝国では独身の令嬢に気安く触ってはいけないんだ。きみがエスコートした姿を見て、ルフタネンで変な噂が流れては困る」

「守れと言ったのはきみだろう。俺が彼女の傍にいる必要があるのはわかっているはずだ」

「傍にいてもいいが、触るな」

こんなところで喧嘩しては、帝国でもルフタネンでも噂になってしまうので、クリスお兄様は穏やかな笑顔で、近くにいる人にしか聞こえないような小さな声で文句を言っているし、それに言い返すカミルも爽やかな笑顔で、でも目が笑っていない。

ふたりとも怖いよ！

「よければ私と一緒に行こうか。それならクリスも安心だろう？」

ほらー!!　パウエル公爵に気を使わせないでよ！

「ありがとうございます。ぜひご一緒させてください」

カミルに転移してもらうのは同じでも、ふたりだけじゃなくて保護者同伴ならいいのよね。

パウエル公爵の腕に右手を添えて並んで立ち、ふたりの前に無造作に伸ばされたカミルの腕にそっと手を置く。パウエル公爵はしっかり腕を掴んでいた。

こういう時、狙われているはずの当人は割と落ち着いているものだ。

勝つ気しかないから。

むしろ周囲が、特に同行できないお兄様達のほうが不安だよね。

あんまり心配そうな顔をしているもんだから、

「暴れてきます！」

と言ったら、ようやく笑顔になってくれた。

ルフタネンに転移してから、パウエル公爵が笑いをこらえて口元を押さえていたわ。カミルは呆れた顔をしてた。大丈夫。その顔はもう見慣れている。

ほんの一瞬の移動で、外国に来たという実感は湧かないけど、来たぜ！　ルフタネン！

日差しが強いよ。空の色はあまり変わらないけど、影の色が濃いような気がするわ。

ぐるりと周囲を見回した時の景色が、帝国よりコントラストが強いの。

こちらも今日は快晴。カラッとしている暑さで、風が肌に心地いい。

でもみんなの風と水の精霊が、いっせいに魔法を使っているから、やっぱり暑いんだね。

えらいぞ、精霊達！

東島の王都は人口が多いので、五階くらいある建物が並んでいるそうなんだけど、北島は貴族の屋敷でも三階までしかないことが多いそうだ。

ルフタネンの建物のイメージはタイっぽい雰囲気だった。

とは言っても、現地行ったことがないので私のイメージが正しいかどうかはわからないけど、ネットやＴＶで観たタイの観光地にある寺院やホテルは、屋根の形や重なり方が独特だった印象があるの。

ルフタネンの建物の屋根の形も、あんな感じなのよ。

日差しを遮るために、屋根には大きな庇がついていて、開口部が多く、中庭には必ず池を作る。

平民の住む建物も四角い池の周りに緑を配した中庭を中心にして、広いテラスやバルコニーのある集合住宅がぐるりと囲っているんだって。

暑いこの国で、少しでも涼しく暮らそうという生活の知恵だね。

私達が転移したのは、港のすぐそばにある入国手続きをする建物近くの広場だ。

さすが貿易都市。

税関や倉庫、様々な役所の建物は、歴史を感じさせる重厚さがある。

「こちらへ……」

カミルの声を遮るように、大きな歓声が私達を飲み込んだ。

驚いて振り返ると、広場と道を区切っている柵の向こうに大勢の人が集まっている。

まず目についたのは、黒髪の比率の多さだ。

外国の人がたくさんいる港近くなのに、ほとんどの人が黒髪だ。

意外だ。懐かしく感じるより違和感が強い。

この世界に生まれてもう十一年。

銀色や金色の髪を中心に、いろんな髪色の人がいるベリサリオにいるから、ほぼ一色の髪色しかいないって不思議な風景に見えてしまう。

でもそんなことを気にしていたのは一瞬よ。

この歓声、カミルへ向けられたものだけじゃないよね。

帝国からの客人を歓迎してくれているんだよね。

「あの子が妖精姫⁉」

「かわいーーー‼」

「うわあ。消えちゃいそうな雰囲気だぞ」

「おとなしそうな子だね」

あー……私か。妖精姫を見に来たのか。

さすが精霊の国ルフタネン。

私達の周囲にいる精霊獣に驚くより、妖精姫のほうが気になるのか。

でもごめん。私は消えるような特技はないし、おとなしくもないんだ。

見た目詐欺で本当にごめん。

「妖精姫‼」

「カミル様‼」

「帝国の人、美形ばかりだな！」

お母様が手を振ったら、すっごい歓声があがった。

こんなに帝国の印象っていいんだ。

大歓迎じゃない？

「きみも手を振ってあげたら？」

「え？　あ、そうですね」

　パウエル公爵に勧められて、ちょっとだけ遠慮がちに手を振ったら、思わず耳を塞ぎたくなるほどの大歓声に包まれてしまった。

「すごい人気だね」

「いたたまれません」

「なんでまた」

「私は、妖精姫のイメージとは全く違いますから、申し訳ない気持ちになってきます」

「そんなことはないよ。可愛いし優しい。立派な妖精姫だ。ねえカミル」

　なんでそこでカミルに振るんですかね。

「……たぶん？」

「そこは、同意するところだろう」

「俺は正直者なので」

　この野郎。

「まあ、この男、パウエル公爵が嘘つきだと言いやがりましたわ」

「え？　違うよ」

「こんな失礼な男は放っておきましょう。あちらの建物に行くようですよ」

　パウエル公爵の腕を取り、カミルに背を向けてさっさと歩きだした。

「ちょっと待てって」

カミルが慌てた様子を見せると、何事かと思われるわよ。

「……お邪魔な気がしてきたよ」

え？　なんででしょう。

パウエル公爵がいてくれて、とても助かっていますわ。

「違う。そっちじゃない。向こうだよ」

私が向かおうとした建物は、なんの関係もなかったよ。

パウエル公爵まで違う方向に連れて行っちゃうところだった。

カミルと警護の人達に止められて慌てて方向転換して、両親の後ろを進み、広場の出口に停められていた精霊車に乗り込んだ。

その周りも人がいっぱい。警備の人が等間隔に並んで前に出ないように押さえているの。

私、ＶＩＰ待遇よ。当たり前だけど。

「精霊王が姿を現したのは妖精姫のおかげだと、ルフタネンの民はみんな知っているんだ。ニコデムス教を追い出せたのだって、そのおかげだからね。帝国と妖精姫は大歓迎なんだよ」

「それに北島は貿易に携わっている人間が多いので、帝国の人は身近に感じているんです」

空間魔法で中がだだっ広くなっている精霊車には、サロモンとエリオットが待っていた。

出入り口の向かいの窓際に向かい合わせにソファーが置かれていて、うちの家族はそこに座ってくれと頼まれた。

窓から外ににこやかに手を振る簡単なお仕事です。

パウエル公爵はルフタネンのメンバーと、奥の応接セットのソファーですっかりリラックスしてティータイム。

たった十分なんだから、そこ、お菓子まで食べない！

でも会話の内容は、これからのスケジュールや同盟強化のための真面目な話みたいね。

今回、私達が滞在している間に、外交関連の話し合いの場がいくつも予定されていて、パウエル公爵は責任者だから大忙しなのよ。

うちの両親は帝国の代表として社交の場に顔を出して、結婚をお祝いしつつ、ルフタネンの貴族達に帝国のいいイメージを持ってもらうのが仕事だ。

たった十分。されど十分。

転移魔法なら直接迎賓館に飛べるけど、こうして外国からお客様が来てくれているって国民に見せるのも、お祝いムードを盛り上げるのには重要だ。

来年の戴冠式には皇太子が来訪して、今回は妖精姫が結婚を祝う。

帝国はルフタネンとの関係を重要視しているって、ルフタネンにも他の国々にも示す狙いもあるの。

それにしても不思議な気分だわ。

初めて来た外国で、初めて私を見る黒髪の人達が、こんなにも私を歓迎してくれている。

こういう立場になると、浮かれたり勘違いしたりする人がいるみたいだけど、私はやっぱり申し訳ない気分になってしまう。

ごめんね。あなた達の持つ妖精姫のイメージと私は別人だよ。

私がルフタネンのためにしたことって、カカオの大量買いくらいよ。それもチョコのために。

ここまでほぼ成り行き任せで、精霊王や大人達が動いてくれているのを、私はただ眺めていただけ。こんなに歓迎されることは何もしていない。

あ、でも、フェアリー商会の新店は出すんだった。

美味しい料理やお菓子は、人を幸せにしてくれるはず！

ルフタネンでしか食べられない料理も出すから、旅行客を呼び込むのに少しは役に立つかもしれない。

それがこの島にプラスになるなら、この歓声は先行投資として受け取っておこう。

それに囮になるという仕事もあるしね。

やがて精霊車は立派な門をくぐり目的地に到着した。

門から建物まで、まっすぐに白い道が伸びていて、両側にシンメトリーに四角い池が作られている。緑の芝生と白い池や道のコントラストがとても綺麗だ。

迎賓館はオレンジ色の屋根に白い壁の建物で、テラスやバルコニー部分には濃い茶色の木材が使われている。やっぱりタイ風よ。

入り口には大勢の人達がずらりと並んで出迎えてくれていた。

前に並んでいる事務官や外交官達は黒い民族衣装を着ていて、その背後に並ぶ従業員達は揃いのアロハシャツ姿だ。

なんというか……観光旅行に来てリゾートホテルに来たイメージだな。

アロハシャツと民族衣装の組み合わせがアンバランスすぎる。賢王は何を考えてアロハシャツを広めたのよ。

こちらの女性の正装は、帝国のような飾りの多いドレスではない。

淡い色や銀糸で刺繍をした、白を基調としたシンプルなドレスだ。

その代わりにこちらの女性がこだわるのが、ドレスの上に羽織るショールやベールだ。

ショールにははっきりした華やかな色と、金糸銀糸で彩られる模様が織られていて、今は精霊王の属性をアレンジした模様が人気なんだって。

その布をウエストのベルトで留めてドレスのように着こなしたり、肩にかけて長く後ろに垂らしたり、頭にかけている人もいる。

布はファッションのためだけにあるんじゃない。

テラスで床にクッションを置いて座ると、椅子に座る時と違って足元やドレスの裾が気になるじゃない？　それを、その布を広げて隠す座り方をするから、その時に柄が綺麗に見えるように工夫されているの。

ベールはレースのカーテンのように半透明な布で、やはり刺繍がされていたり透かし模様が入っていたりする。こちらは頭にかぶり、髪留めやティアラで留めて後ろに長く垂らすのが一般的な使い方だ。

私詳しいでしょ。

ウィキくん、大活躍よ。

食べ物とファッションは、女子が一番気になるところだもん。

私達はすぐに昼食会に顔を出して、その間に部屋の準備をしてもらうことになる。ブラッドも部屋の手伝いだ。

平民のレックスやブラッドは、どうしても行動に制限がついてしまう。私と一緒に公式の場に参列することは出来ないから、それはいつもジェマが任されることになるの。

クリスお兄様の執事に伯爵のカヴィルがついたのは、それが理由のひとつなんだろうな。もちろん彼はクリスお兄様が認めるくらいに優秀よ。

精霊車にいたメンバーがそのまま移動しただけで、顔見知りの人達ばかりの昼食会が終わったら、夕食の時間までは自由行動よ。

とはいっても、これっぽちも自由じゃないけどね。

部屋に戻ると、ネリーがそれはにこやかな笑顔で待っていた。

男性陣は控えの間に追い出して、お色直しのスタートだ。

着ていた衣服は全部脱ぎ、髪をほどき、化粧も落として湯浴みまでするのよ。

いるのかこれ。服を着替えるだけでいいんじゃないの？

まだ十一歳のぴちぴちの肌なんだから、一日に何度も磨くほうが肌荒れしない？

夕食用に用意したのは、形はルフタネン風にシンプルで、でも白ではなくて水の流れる様子をイメージして刺繍の施されたシーグリーンのドレスだ。スカートにひだがたくさんついているから、床に座ることになってもふんわりと広がって足を隠してくれるわよ。

代わりに上に羽織る布は淡いラベンダー色しか使っていない。でも花の透かし模様が入っているので、川面を花が流れていくようにも、川辺に花が咲いているようにも見えるの。

布の使い方はよくわからないから、天の羽衣みたいに腕にかけておくことにした。

髪型は、よくわからん。

ネリーが張り切って編み込んでいたけど、その間にジェマが夕食会に参加する人に関しての説明をしてくれていたから、そっちに意識がいってしまって気にしていられなかったわ。

夕食会の会場は部屋と広いバルコニーが一体となった広間で行われた。

濃い木目の美しい床と細かい彫刻の施された柱は、帝国では見られない様式で、異国に来たんだと実感させてくれる。

部屋に置かれている家具はすべて籐製で、バルコニーに出ると円形のテーブルがいくつか置かれ、周りにクッションが並べられていた。

全部オープンなスペースなのかと思っていたんだけど、正面の中庭を見下ろせる部分以外は薄いカーテンで遮られていた。天井側にドレープ状にカーテンがあるやつ、えーっと、スワッグバランスってやつだってウィキくんが教えてくれた。

細い柱や背凭れになる壁もあるから、外とは違う空間だという感じがして落ち着くわ。

帝国側のメンバーが広間に到着する時には、王太子を含むルフタネン側の人達はもう全員勢揃いしていた。

ルフタネン側はエリオットとサロモン、キースのお父様のハルレ伯爵やサロモンの実家のマンテスター侯爵を始めとした北島の主な貴族達と、西島に領地が移動になったカミルの母方の親戚のリントネン侯爵が出席している。

平均年齢が高いよ。私の話し相手になる若者も呼んでほしかったわ。

ラデク王太子はあと二か月で二十五歳。肩まで黒髪を伸ばした細身の男性だった。

うちの皇太子は実はけっこう気さくな人だけど、近寄りがたさというか、オーラがあるというか、さすが皇族、尊大な態度がよく似合うぜってタイプで、一国のトップってこんな感じかなと思っていたのに、この王太子は優しい雰囲気で艶のある人だった。

「きみが妖精姫か。カミルがお世話になっているそうだね。いつもありがとう」

弟の友達に会った保護者みたいなことを言いつつ、眩しい笑顔なんだけど、目が怖い。普通の人の瞳とは虹彩の模様が違うんじゃないかしら。

ガラス玉のようにも見えるくらい薄い琥珀色の瞳は、ルフタネン人としては珍しい色よね。カミルの瞳ともだいぶ違う。彼は濃い茶色だから。

帝国の皇族も黄金の瞳をしているけど、彼らより赤みが強くて、光を反射する感じ。

確か賢王もこういう瞳をしていたのよね。

第三、第四王子に命を狙われながらも、保身に走り何もしなかった前王を王宮から追い出し、いつの間にか病死という扱いにした男だもん。見た目に騙されちゃいけない。王に必要な冷酷さも持ち合わせている。

実の母親の第二王妃の病死も、正妃に毒殺されたのか、王太子がこれ以上の争いを恐れて片を付けたのか、どちらか不明なのだという。

でも弟を大事にしているのは間違いない。

第二王子が亡くなり、カミルが行方不明になっていた間は、人形のように無表情になって、まともに食事もとらないで仕事だけしていたらしい。

彼にとっての家族は、ふたりの弟だけだったのかも。

そしてなにより魔力が強い。彼を守るように肩のあたりにいる全属性の精霊は、私の精霊とほとんど変わらない大きさよ。

「こちらが私の婚約者のタチアナです」

紹介された女性は、大きな黒い瞳が印象的な色っぽいお姉さんだった。

艶やかな黒髪と少し厚めの唇が妙にエロい。いやマジで。

東洋系だからスタイルはほっそりしているけど、仕草やまなざしまでいちいちエロイ。

それでも嫌な感じがまったくしないのは上品なエロさなのと、王太子大好きオーラ全開だからだな。

うちのお父様もパウエル公爵も、年齢は上だけどかなりの色男なのよ？

でも、王太子以外の男はみんな、カボチャに見えていそうなほどに興味がなさそうなの。

で、食事をしていて気づいたんだけど、王太子ってそもそも自分のことにあまり興味がないみたいで、話に夢中になっていると全く食べないし飲まないのよ。

だからタチアナ様が小皿に料理を取って、定期的に渡してあげているの。母親みたいよ。

「ラデク王太子って、仕事以外駄目な人？」

「……もうばれたか」

王太子とタチアナ様が並び、タチアナ様の横にうちの両親が並び、王太子の横にパウエル公爵、私、カミルの順で並んでいるから、思わずカミルに小声で聞いちゃったわよ。

あれだ。研究所とかにいる、興味のあることにはめちゃくちゃ優秀だけど、それ以外は駄目なタイプの人だ。食べるのも寝るのも忘れちゃう人だわ。

「そのドレス、似合ってる」

「……どうも」

突然そういうことを言わないでくれないかな。

どう返答すればいいかわからないじゃない。今はもう仕事モードだったのに。

今回、女性は私とお母様とタチアナ様しかいない。

普段はルフタネンでも、こういう席には配偶者を同伴するものなのよ。

つまり、女性陣には聞かせられないか、ごく少数の人間にしか聞かせられない話があるってことだ。

「私の結婚式にご招待させてもらったというのに、危険なことに巻き込み、大変申し訳ない」

「我々は結婚式に参列するだけですし、妖精姫は精霊王の依頼に応じただけ、ですよね？」

パウエル公爵がこちらを見たので、笑顔で頷く。

「ですから、詫びの言葉は必要ないと思いますよ」

「ありがとう。では、現状を改めて説明させてもらいたい。エリオット」

「はい。では私が説明させていただきます。第三王子を脱獄させた犯人がわかりました。先代のボスマン伯爵です」

「先代？」

「すでに引退して子息に家督は譲っています。勇猛果敢な武人で、ニコデムス教との戦いでは活躍した方です」

エリオットの説明に、帝国側は顔を見合わせた。

「てっきりガイゼル伯爵かと……」

ガイゼル伯爵は第三王子の実家の末っ子で、正妃の弟だ。

ガイゼル家に婿養子に入り、実家とは縁を切っていたおかげで、第三王子の関係者としては唯一存命の人だ。

「彼はとても優秀な人で、今更、第三王子を脱獄させても何の意味もないとわかっています。しかし精霊王は、西島の貴族を信用していなかったので代表には出来なかった。だから北島からリントネン侯爵に出向いてもらったのです」

罪を免除する代わりに西島に移動させたのは、そういう理由か。

「西島の人間にしてみれば、私達は他所者です」

カミルの伯父さんでもあるリントネン侯爵は、年齢よりもずっと老けて見える。

思えば彼も大変だ。

妹は暗殺され、嫡男はカミルを利用しようとして罪に問われ、その罪の免除の代わりに住み慣れた土地を追われて西島に行き、また面倒事に巻き込まれている。

「当初は私の存在を疎ましく思う西島の貴族はかなり多かったのですが、ガイゼル伯爵が彼らと私達の橋渡しをしてくれたんですよ。ただ強硬派のボスマンは、仲間の貴族達が私と親しくなるのも許せず、同胞をふたり殺害し、第三王子を脱獄させたのです」

「その折にもふたり殺害している」

王太子の言葉にその場が静まり返った。

きな臭くなってまいりました

第三者視点から見たら、復興の大事な時期だというのに何をやってるんだって思うだろう。

でもベリサリオに生まれたディアドラとしては、彼の気持ちがわかってしまう。

もしベリサリオで何かあって、辺境伯家には任せられないからって中央から貴族が来たら、暴動が起こるわよ。

ルフタネンは単一民族国家だけど、元は島ごとに違う国だったのだから同じようなものだ。

今回、西島の者達が暴動を起こさなかったのは、ニコデムスの連中のやらかしたことがひどかったのと、半分の貴族が精霊王に砂にされてしまったせい。そして、リントネン侯爵とガイゼル伯爵が協力して対処したおかげだ。

「当初は他の貴族達にも、特に年配者には不満も多かったようです。しかし、たびたび精霊王マカニ様が姿を現してくださり、一度は砂漠化しそうだった土地も戦いで荒れた土地も順調に蘇り、以前より質のいい作物が実るのを目にして、島民達の感情に変化が見られるようになりました」

ぶっちゃけ、家族が幸せに暮らせるのなら、島の代表が誰だろうと平民は気にしない。

ニコデムスと結びついた貴族達はプライドが高く、権力志向の強い者達だったから、平民を自分達と同じ人間だとは思っていないような態度だったのも大きいようだ。

「では、第三王子の裁判が行われないのも、島民感情のためですか？」

パウエル公爵が尋ねると、説明係のエリオットが苦笑いを浮かべた。

「そうです。彼は島民には非常に人気があるんです。王になると思い込んでいましたから、島民から好かれるのは必要なことだと思っていたんでしょうね。見た目もいいですし。今でも島民の中には、悪いのは正妃のほうで、王子は母親と祖父母に無理矢理命令されていたんだと信じている者もいるんです」

「裁判にかけ、処刑した場合、せっかく軌道に乗り始めた復興が頓挫する危険があったんだ」

つまり第三王子は詐欺師の才能があったんだな。

本当は西島の島民のことなんてどうでもよかった。西島がどうなろうと、自分は王になって王宮に住むのだからかまわないと思って、ニコデムス教と手を組んだんだもんね。

「まさかとは思いますが……第三王子と妖精姫を近づけても大丈夫でしょうか？」

「え？」

思わず自分を指さして、エリオットの顔をまじまじと見てしまった。

「なかなかに魅力的なんですよ、第三王子は」

「うちのお兄様達よりですか？」

「え？　あ、いや……どうでしょう」

そこで悩むくらいには魅力的なのか。ほーーー。

「そんなことはない。クリスのほうがずっと顔がいい」

カミルがむすっとした顔で言った。

食事が始まった当初は普段どおりだったのに、話が進むにつれて機嫌が悪くなっていないか？

目つき悪いぞ。

「大丈夫ですわ。ディアに関しては、悲しいくらい心配ありません」

お母様、今ちょっと、何か言い方に引っかかるものが……。

「第三王子は国王になりたいのでしょう？　ディアは王位継承権を持つ方は対象外ですのよ」

「それは聞き及んでおりますが、本当にそうなのですか？」

「はい。私は精霊のたくさんいる自然の中にいるのが好きなんです。皇妃や王妃になったら、自由に森に行くことも出来ませんでしょう？　瑠璃のいる泉に行けなくなっては困りますし」

食べかけの料理の乗ったお皿をそっとテーブルに置いて、口元を手で隠して微笑む。

帝国令嬢代表として、変なことはしては駄目だぞ、自分。

だからあまり私に注目しないでほしい。ゆっくりご飯を食べさせて。

「ほう……では心配ないですね」

「ボスマン伯爵は、仲間であったはずの西島の貴族を殺害したとおっしゃっていましたね」

「はい」

ちらっと私を見た後、パウエル公爵は何もなかったかのように話を続けた。

おとなしくしているから気になったかな。

「リントネン侯爵と親しくしたというだけの理由で？」

「……といいますと？」

「つまりそれだけ危険で短絡的な方なのでしょうか？」

「西島に対する郷土愛の強い方なのですよ。ベリサリオの方にはわかっていただけるのではないでしょうか？」

「郷土愛が強ければ、そもそもベジャイアやニコデムス教を上陸させませんよ」

お父様、あっさりとぶった切ったな。

てことは、それ以外にも何かあるだろうってことか。

あれ？　今の音はなんだろう。

鈴？　ルフタネンには風鈴があるの？

「ああ、モアナが話をしたがっているんだ」

王太子があっさりと説明してくれたけど、なんで鈴？

猫なの？

あの精霊王は首に鈴でもつけているの？

「妖精姫がいらしているので話したいのでしょう」

「大事な話をしているのに？」

にこやかに話すエリオットに、私は冷ややかな顔を向けた。

どうやら私が素直に頷かなかったのが意外だったらしい。王太子も、周囲のルフタネンの貴族達も目を丸くしているわ。

「ええ。今回のことには精霊王も関与していますから」

「人間の生活に精霊王が関与してはいけませんよね。精霊王から依頼されていることはきちんとしますけど、今は帝国とルフタネンの食事会です。この場にまで顔を出すのは、干渉しすぎではないかしら？」

リンリンと鳴っていた鈴がピタッと止まった。

「では続きをお話ししましょう？　ボスマン伯爵はリントネン侯爵と親しくする者は裏切り者だとでも思ったのかしら？　第三王子を脱獄させたのは、彼を西島の指導者にするため？　無理ですよね。彼は王になりたいんですから」

さっきまで私のことを、大人しくて可愛いだけの子供だとでも思っていたの？

突然唖然とした顔や、薄気味悪い物でも見てしまったような怯えた顔をするのはやめてほしいわ。

カミルやサロモン達から話は聞いていたでしょう？

変なことはしないけど、必要なことは言うわよ。

帝国の女は強いのよ。

「あ……はい。そうですね。第三王子を国王にして、彼にリントネン侯爵に西島から出ていくように命じさせようとしているようです」

「エリオット様は、ボスマン伯爵側の情報にお詳しいですね」

もう一度にっこりと笑顔で首を傾げてみせた。

「内通者がいるんだよ」

答えたのは王太子だ。

そういうの、さっさと言おうよ。

ルフタネンてさ、後出しが多くない？

国と国の折衝だから、馬鹿正直に全部話すわけはないんだろうけどさ、私が手伝わなかったら終わる状況でしょ。

「当初はボスマン伯爵と同世代の者達全員が、余所者を追い出そうとしていたんだよ。彼らは正妃とその一族のやり方に反対して、ベジャイヤやニコデムスと戦った貴族達だ。その功績を無視して余所者が指導者になるのが許せなかったんだ。精霊王に対しても、西島の精霊王なのに西島の貴族を信用出来ないとはどういうことだと反発していたらしい。でも、彼らの息子の代の人達は違った。そんなプライドより、島民を食べさせることのほうが大事だ。復興が先決だと意見が食い違って、余計に意固地になったんだろうな」

王太子の言葉に、相槌を打つように頷くリントネン侯爵の顔には、深い皺が刻まれている。

大変だったんだろうな。

「でも、目に見えて復興が進みましたし、カミル様が新しい作物を紹介してくださったおかげで、少しずつ考えを変える人が増えたんです。そういう者達が強硬派のボスマン伯爵が何かしでかすのではないかと心配して、情報をくれるようになったんです」

あれか。ボスマン伯爵にしてみれば、最初は西島の同年代の人達はみんな仲間で、一緒に余所者を追い出そう！　おーー！　とかやっていたのに、気付いたら寝返っていて自分ひとりだったってことか。

どんどん復興が進んで、島民達も新しい生活を喜んで、でも彼は時代の変化に乗れなかった。

「ベリサリオでリーゾを大量に買ってくださるそうで」

「はい！　イースディル公爵様が持ってきてくださったお料理が、とても美味しかったんです。ね、お母様」

「そうね。ぜひフェアリー商会の料理に使いたいわね」

「ありがとうございます。私達も少しですが、チョコを食べさせていただきました。素晴らしいですね」

先程までの疲れた雰囲気が消えて、リントネン侯爵の表情が一瞬で明るくなった。

成人祝いにカミルが帝国に来た時に、王太子へのお土産として多めにチョコを渡したから、西島の主だった貴族にも配ったのか。

「カカオが新しい食べ物になり、輸出量が飛躍的に伸びたのを西島の者も知っています。今度は自分達も南島のように豊かになれるように頑張ろうと士気が上がっているのですよ。クカを特産品にする動きも始まっています」

カミル、暗躍。

王太子のために働いてるなあ。

ともかくこれで状況をやっと理解出来たわ。

精霊王が絡んでいるせいもあって、ウィキくんで調べていると、どんどんリンクが増えて違うページに飛んじゃって、元のページが迷子になるんだもん。

簡単に言うと、もう西島の人達にとって、第三王子もボスマン伯爵も邪魔なのね。

彼らが何かしでかしたら、大多数の西島の人達は困るんだ。

だけど王族や貴族を排除するには、それなりの理由がいる。

第三王子大好き島民も納得する理由が。

そこで妖精姫のお出ましよ。

精霊王を後ろ盾に持つ妖精姫に手を出したら、精霊王が敵に回るかもしれない。

だから処刑されたんだよ。しょうがないよね？　って。

しかも、モアナが第二王子の仇を取りたいと言っている。

精霊王が依頼したのだから、帝国への借りにはならない。

やるな、王太子。

それともエリオット？

でも、どちらにしても私は瑠璃と琥珀の依頼を受けただけ。

それで、モアナに貸しひとつとルフタネンに貸しひとつ。

悪い話じゃないんだけど、どうやって返してもらおう。

知られた秘密

その後、大人達はお酒を飲み始めて宴会モードへ移行して、まだ成人していないカミルと私は、皆さんより先に休むことになって部屋に引っ込んだ。

これでやっと今日の予定は終わりだ。

化粧を落として湯浴みして、楽な寝巻用のドレスに着替えてひとりで寝室に引っ込み、ずっと精霊の姿だった精霊獣を顕現させた。

「窮屈だったでしょ。ここにいる間はその姿でいいよ」

『当然だ。この姿のほうが護衛しやすい』

イフリーは扉の前にドンと陣取り、窓辺にはガイアが向かった。

小型化した時に小さいリヴァとジンは、私の傍にいるようだ。

『ディア、蹴るなよ』

「えー、蹴ったことないでしょ」

『踏まれたことはある』

『寝相が悪い』

そ、そんなことないわよ。普通に寝返りを打っただけよ。

私の上に寝ていたジンが悪いのよ。

リヴァは空中をふよふよと浮かんでいるほうが好きで、寝る時はイフリーの背中に乗っていることが多い。どうやら私に蹴られるのを警戒していたようだ。

私がベッドに潜り込む時、ついて来てくれたのはジンだけだったよ。枕元に寝れば蹴られないと学習したらしい。

ウィキくんを出して、いちおう明日からのために情報収集はしておかないと。

この近くで観光出来るところはどこだろう。美味しそうなお店もチェックするのは当然よね。

これだって、囮になる時に必要な情報なのよ。カミルが女の子の喜ぶ店を知っているとは思えないもん。

「ふああ。もう眠くなってきた」

普段どおりにしていたつもりだけど、異国のＶＩＰと会って緊張していたのかな。

いつもより早い時間に横になったのに、すぐに眠くなってきてうとうとしていたら、遠慮がちに扉をノックする音が聞こえてきた。

「ディア様、よろしいですか？」

寝室はベッド横の明かり以外消していたので、扉が開くと居間の明かりが光の線になって差し込んできた。

逆光で顔は見えないけど、声で誰かはわかる。

「ネリー?!　まだ起きていたの？　まさかあなたまで夜勤をするつもり？」

慌てて身を起こして問いかけた。

「当然ですよ。留守番組は、昼間に順番に寝ればいいんです。夜間はジェマさんや護衛の方を寝させて……ぎゃ！」

胸を張って部屋に入ってきたネリーは、床に寝そべっていたイフリーに躓き、彼の上にぼふっと倒れ込んだ。

扉の真正面にいるイフリーに気付かないってどうなの。

「寝たほうがよくない？」

「大丈夫です！　それより、カミル様がいらしてます」

はあ？　こんな時間に？　何を考えているんだ。

私の部屋に出入りしているのなんて見られたら、変な噂が立つじゃない。

「転移魔法でいらっしゃいました。ちゃんと控えの間のほうにいらしたんですよ」

「突然現れたなら、びっくりしたでしょう？」

「ディア様のおかげで、たいていのことではもう驚きません」

誤解を生む発言はやめていただきたいわ。

私が非常識な行動をしているみたいじゃないの。

「いつまでイフリーに懐いてるの？」

ネリーは倒れ込んだままの体勢で、毛並みの手触りを楽しんでいる。イフリーのほうも撫でられるのが気持ちいいようで、寝転がったままだ。

ネリーの精霊達が焼きもちを妬いて、彼女とイフリーの間に割り込もうとしてるよ。

「あ、申し訳ありません。つい」

ネリーはすくっと立ち上がり、メイド服を整えた。

「ガウンを着ますか？　それとも……」

「こんな時間に独身の令嬢を訪ねるなんて非常識よ。会う必要はないんじゃないかしら」

「レックスもブラッドも、同じように言って断ったんです。でもディア様にだけ内密にお話ししたいことがあるそうで、王太子殿下もいらっしゃるとおっしゃって」

「はあ?!」

王子がふたりして、私にだけ話したいことですって。

この時間に転移で来るってことは、うちの両親にも知られたくないってことよね。

「……わかったわ」

私の返事を聞いてすぐ、ネリーは扉から顔だけ出して誰かと短い会話をして戻ってきた。

レックスかブラッドが待っていたのかな。

「ガウンよりショールが可愛いかしら。どちらにします？」

「異国の王族に寝巻で会えないでしょう？」

いくら私でも恥じらいってもんがあるわよ。

飾り気のない機能優先の寝巻でも、独身令嬢が若い男に見せていい姿じゃないわ。

がばっと寝巻を脱ぎ捨て、訓練場で走る時に着るような動きやすいドレスをさっさと着込んだ。

「もう少しこう、可愛いドレスがいいのでは？」

「非常識な男相手に、着飾る必要はないわ」

その上からブランケットを頭まで被り、ずるずる引きずって居間に出て行く。

窓辺近くの籐椅子に腰を下ろすと、ぞろぞろと後ろをついてきた精霊獣達が、私を取り囲んだ。

「えええええ?!　本当にその姿でいいんですか？」

「うん」

「相手は王族ですよ」

こんな時間に突然やってきたのに、綺麗に着飾って出迎えられたほうがびっくりだろ。

「だったら寝間着でよかったじゃないですか！」

「話の流れによっては、部屋の外に出ることになるかもしれないでしょ？　早くカミルを連れて来て」

ソファーの端に座り、背凭れと肘掛けがぶつかる部分に寄りかかる。足も座面に乗せてブランケットでくるみ込み、むすっと座っていると、すぐに客の到着が知らされた。

まだ少し眠くて、あまり機嫌がよろしくない自覚がある。

これも外交の重要な場と言えるのかもしれないけど、相手が非常識なんだから、知ったこっちゃないわ。

ブラッドが先に部屋に入り、その後に続いてカミルと王太子が入ってきた。その後ろにレックスが続いている。

側近さえ連れずに、マジでふたりだけで来たのか。

「こんな時間に押しかけてすまない。あ、そのままで」

立ち上がろうとしたら、王太子が掌をこちらに向けて止めた。

ふたりとも食事会の時の服装のままだ。

精霊を顕現しないでいるのは、私への気配りなのかもしれない。

でも私は堂々と精霊獣達を顕現させたまま、警戒状態にさせている。

テーブルの向こう側の席にふたりが腰を下ろすとすぐに、三人以外に会話の内容が漏れないように私が結界を張った。

レックスとブラッドは入り口近くに、こちらを向かないようにして並んで立っている。唇の動きを読めない場所に立つのが礼儀なのよ。

「きみにはカミルが何度も助けられているそうだね」

「私個人で助けたことはありませんわ。……私、寝ていたんです。出来れば用件だけさくっと話していただけませんか?」

姿勢よく緊張した面持ちで座っている王太子と、目を細めて私の様子を観察しているカミル。

異母兄弟だけど全く似ていない。

薄暗い部屋の中でも、明かりの光を受けて王太子の瞳はガラス玉のようで感情が読めない。

それでも先程一緒に食事をした時とは違って、感情を押し殺そうとして失敗しているような感じがするのは、膝の上で組み合わされている手に力が込められているから。

カミルのほうは、食事会の時には整えられていた髪がくしゃくしゃになっている。イラつくと髪をかきあげる癖があるからだな。

食事会が終わった後にふたりの間に何か起こったのかな？　嫌な話？

「じゃあ、そうさせてもらうね。百年ほど前、ルフタネンにも精霊王が後ろ盾になった王がいたことは知っているかな？」

「賢王と呼ばれている方ですね。知っています」

「彼が何者なのか。精霊王はなぜ彼の後ろ盾になったのか。代々の王にだけは伝えられているんだよ」

すーっと内臓が冷たくなった気がした。

この人は、私の秘密を知っている。

「きみも同じなんだろう？」

「何がですか？」

「記憶を持ったままこの世界に生まれてきた転生者なんだよね？」

この人は、なぜこの話をしに来たの？　脅迫するつもり？

他国に知られたら、多くの人がどんな手段を使っても私の知識を得ようとするだろう。

私はもう、実績を作りすぎている。

私の緊張と警戒を感じ取って、精霊獣が結界を強化した。

彼らを逃がさないように。

転移魔法も使えないように。

「ディア、落ち着いてくれ」

「いいんだ。そのままで」

カミルが腰を浮かせて私に話しかけ、王太子は自分の精霊に指示を出している。

カミルの精霊は意外と冷静で、彼の頭上に固まって動かない。

そしてまた、リンリンと鈴の鳴る音が聞こえてきた。

「モアナ、干渉しないで」

王太子を睨んだまま低い声で呟いたら、また鈴の音がぴたりとやんだ。

「誤解しないでほしいな。きみを脅迫する気も、他所で話す気もないんだよ。もともとこの話は、代々国王にだけ伝えられている話で、他言無用なんだ」

相変わらず穏やかな表情と口調を崩さないけど、王太子も彼の精霊達も私を警戒して、出来るだけ刺激しないようにしているのはわかる。敵意はないようなので、少しだけ体の力を抜いた。無意識にふたりを威圧していたみたい。

「だったら私に話す必要はないんじゃないかしら？」

訪問先の王太子と王子を威圧するなんてまずいんだろうけど、今回はどう考えても向こうに非があるわよね。

「でも俺は聞いてしまったから、内緒にするより、きみに打ち明けたほうがいいと思ったんだ」

私が落ち着きを取り戻したのでほっとして、カミルも椅子に座り直した。

カミルの頭上の精霊達がいつものようにくるくる回り出したということは、さっきのは冷静だったんじゃなくて、戦闘態勢だったのかもしれない。

「カミルは国王でも次期王でもないんじゃないの？」

「そうだね。でもカミルが、きみと結婚したいって言い出したんだ。話さないわけにはいかないだろう？」

…………へ？　結婚？

え？　これはどういう状況なの？

「カミル？」

「立候補したんだから、王太子殿下に報告するのは当然だろう」

「でもねカミル。さっきも話したけど、彼女には転生する前の記憶があるんだよ。心は子供じゃないんだ。僕達よりずっと年上なんだ」

うっ……。

思っていたのと違う方向からダメージが。

「経験豊富で男の扱い方だってよくわかっているだろう。しかもこんなに可愛いなんて。きみが対処出来る相手じゃないんじゃないかな」

ああ、私がカミルを騙していると思っているのか。

手玉に取っていると。

「もしかしたら私達の祖母くらいの年の人なのかもしれないよ？」

「あ？」

思わずひっくい声が出た時に、テーブルの上にすっと私に背を向けた人が現れ、王太子のおでこをデコピンした。

「いった！」

『あなた、女性に対して失礼すぎるわよ』

うわ。琥珀先生だ。

ふと横を見たら、いつの間にか瑠璃が座っていた。

『ごめんねごめんね。この兄弟、ふたりとも女性に対しての態度がよくわかっていないのよ』

王太子の背後では顔の前で両手を合わせてアイナが謝り、その横で両手で顔を隠して正座して、

『うう……うう……』

モアナがしくしく泣いていた。

「だからさ、人間に干渉しては駄目なんでしょう？」

あんた達、そんなにしょっちゅう顔を出していると、ありがたみが減るわよ。

『普段は人間に姿を見せてさえいないだろう？　おまえがいるから来ただけだ』

瑠璃はブランケットごと私の肩を抱いて、王太子に冷ややかな顔を向けた。

『こんな時間に女子の部屋に押しかけての暴言。失礼にもほどがある』

「暴言？　いえ、私は……」

『このことをディアの家族に話したらどう思うか』

「それはまずいわ。結婚式に行かないで帰るって言い出すから。それと琥珀、テーブルの上に座っては駄目」

応接用の低いテーブルとはいえ、その上に靴を履いたままでしゃがんでいられては、前世が日本人の私には放っておけない。

『じゃあ詰めて』

瑠璃とは反対側に琥珀が座ったので、私は保護者に挟まれているお子様状態になってしまった。

頭までブランケットを被って顔だけ出しているというのは、さすがにまずいかと思って、頭上の布をフードのように背後に下ろすと、琥珀が手櫛で髪を整えてくれた。

「先程も言いましたが、私もカミルもディアドラ嬢が転生者だという話を、誰にも話す気はありません」

『問題はそこじゃないわよ』

いや、そこも大問題よ。

『心配するな。もしこの者達が、そのことを他者に少しでも話そうとしたら、ルフタネンという国は地上から消える』

「え?!」

『待って瑠璃。落ち着いて。私達が話させないから。あんた達、転生なんて大事なこと、まず私達に相談してから話しなさいよ』

アイナはカミルと王太子の椅子の間に立って話しながら、ふたりの脳天にぐりぐりと拳を押し付けている。

けっこう本気で痛そうよ。

『しくしく』

モアナは相変わらず少し離れた場所で、床に正座して泣いていた。

なんだ、この空間。

ちらりとレックスとブラッドを見たら、ちゃんと床に跪いて頭を下げてたわ。ちょっと気の毒になったけど、外に出ていてもいいわよって言っても出て行かないよな。

「ねえ、なんでルフタネンの精霊王達より、瑠璃達の立場が強いの？」

『我らのほうが先に精霊になったため、ルフタネン建国を手伝ったからだ』

『ずっと何もしないで引き篭もっていた誰かさん達を、引きずり出したのも私達だしね』

「そうでした。それで、どうしてモアナは泣いてるの？」

『ディアに……嫌われた……』

あんたは子供か！

「嫌ってなんていないわよ」

『そうなの？』

ぱっと顔をあげて、キラキラした目でこっちを見ないで。

「王太子とカミルに思い入れが強いのはわかるけど、関与しすぎなのは駄目でしょう？　他の精霊王達も同じようにしはじめたら、人間は精霊王に従属するようになってしまうんじゃないの？」

『それにこの子達が死んだらどうするのよ。今度はあなたが引き篭もるつもり？』

『わかってる……けど……』

琥珀にも注意されて、モアナは手にしていたハンカチを握りしめて俯いた。

他の精霊王がいない長い孤独な期間、この兄弟と一緒にいる時だけが楽しかったんだろう。

でも、だからこそ気を付けないと、人間の一生は短いよ？

『その話はあとにしましょう。それより問題はこの男でしょう。ディアに対して失礼なことを言ったのよ。前世でのディアの年齢なんて関係ないでしょ。彼女は一度死んで生まれ変わったの』

「でも記憶はあるんです。帝国にいくらでも男はいるのに、カミルを選ぶ理由が知りたい」

琥珀に睨みつけられても、引かない王太子はさすがというかなんというか。

「カミルは女性と接する機会が少なかったから、女性のことをよくわかっていないんです。帝国の女性は早熟だ。ディアドラ嬢もルフタネンの同年齢の女の子より、ずっと大人びている。そのうえ前世の記憶があるとなったら、カミルでは太刀打ち出来ません」

黄色人種が若く見えるのは、この世界でも同じだもんね。

確かに私はもう、日本人でいうと中学生くらいには見えるだろう。

プラス金色の髪で紫の瞳で、睫が長くて手足も長い。出るべきところはまだ成長途中だけど、ルフタネンの女の子に比べて色っぽいかもしれない。

喋らなければ。

動かなければ。

「王太子殿下、訂正させてください」

顔の横まで手をあげて言った。

「敬語は必要ないよ」

そうね。さっきまで敬語を忘れて話していたもんね。

でも私は怒っている時は敬語のほうが話しやすいのよ。

「けっこうです。親しいと誤解されたくありません」

「……なるほど」

王太子はちらっとカミルを見て、また私に顔を向けた。

カミルは私の性格なんてとっくに知っているから、このくらいじゃ驚かないわよ。

「私はカミルを友人のひとりだと思っています。カミルは立候補したと言っただけですよね。私はまだ結婚なんて考えていませんから、彼を選んでいません」

「友人？」

なんだその信じられないものでも見るような目は。あなたが勘違いしたのが悪いんでしょう？

「だから、ディアは恋愛関係には鈍いって言ってるじゃないか。自分が恋愛対象になると思っていないんじゃないかってくらい考えてないんだよ。男を異性と思っているかどうかも怪しい。俺のことだって、今はまだ、おもしろい食べ物を持ってきてくれるやつくらいにしか思っていないんだ」

うぐっ。……く、くそ、カミルのくせに、鈍い鈍いと失礼な。

だが、まだだ。まだ私はやられはしないぞ。

「……カミルとの話に乗り気ではないと？　カミルが不満なんて……ああ、前世で老齢だったから枯れて……」

「琥珀、王太子をぐーで殴ってもいいかな」

『いいわよ』

『許す』

「待ってください。本気でディアに殴られたら、兄が死にます」

おまえこそ待て。

ここにも私をゴリラだと思っている奴がいたぞ。

だいたい、私が騙したとか太刀打ち出来ないとか言っておいて、こっちに興味がないというのも不満って、いったいどうしたいのよ。

ブラコンか。ここにもブラコンがいたのか。

クリスお兄様とこの王太子が会話したらどうなるんだ。

『ラデク、あんたどうしてそう仕事以外のところでは、ポンポン失言するのよ。謝りなさい』

『本当にもう、うちの子がすみません』

アイナが王太子を叱りつけて、モアナはまだ目元が濡れたままで平謝りしている。

この王太子、タチアナ様にも同じようにずけずけと話しているのか？

あ、好きだっていう気持ちを、ずけずけ話すのはいいのか。見た目はガラスのような瞳のせいで感情が読みにくいエキゾチックな美形なのに、中身はガンガン行くぜタイプか。

あれ？　そう言えば彼って二十代半ばの美形で、総受けに見えるからむしろ攻め、みたいな顔をしていて、以前の私なら、近寄らないで！　観賞用に離れてて！　って思うような相手なのに、なんだろ。ぜんぜんなんとも思わないや。

瑠璃とお父様のせいで美形を見慣れてしまった？

体の年齢に心が近づいて、二十代は対象外になった？

それとも本当に枯れてしまった?!

がーーーーん！

恋愛する前に枯れるとか、ありえない！

「確かに失言でした。申し訳ない」

「いいえ、そんな言葉じゃ許せないわ」

「え？」

いっせいにみんなの注目が私に集まる。

この世界の女性なら仕方ないと諦める状況だろうけど、ここにいる人はみんな私には前世の記憶があると知っているでしょ？

セクハラよ。これはセクハラ。

「十一歳の子供に向けて枯れているって言ったんですよ。前世の記憶があるから年齢は関係ないと思っていたとしても、独身の女性に対して、この王太子は性的な話をこれだけの人数がいる前で、しかも私を侮辱する内容で話したんです。ルフタネンではこれが常識ですか？」

「う……」

この部屋に来て今まで、突然精霊王が現れたこともあって、王太子はかなり気が動転していたのかもしれない。

私の冷ややかな声を受けて、彼の目の色から赤味が引いて表情が消えた。

それが見えるほどにルフタネンの照明は明るいのよね。紫の瞳の私には、明るすぎると感じるほどに。

「私は妖精姫で辺境伯令嬢です。そしてルフタネンの精霊王に依頼されて、明日からあなた達のために囮までやろうとしているのに、夜中に押しかけて来てのその態度。申し訳ないの一言で許される問題じゃないわ」

「すまない、ディア。兄上は俺のことになると感情的になってしまうんだ」

王太子にとってカミルは唯一の家族で、子供の頃に殺されかけたこともあるせいで過保護なのは理解出来る。

だけど転生者という秘密を知っているから平気と思ったのか、私がカミルを騙していると思って怒りが勝ったのかは知らないけど、王太子だからね。次期国王だから。あの発言はまずいでしょ。

「子供の頃俺が行方不明状態だった時なんて、王太子としての職務だけこなしてはいたけど、食べないし寝ないしで、人形のようになっていたそうなんだ」

「そんな精神不安定な人が王太子で大丈夫なの？」

麗しいって形容詞が似合う人って、そういう危うさのある人が多い印象があるわ。

クリスお兄様の場合、綺麗なんだけど麗しくはないのよ。精神は図太いのが表情に出ているからかしら。

褒めているわよ。そういう腹黒いところも好きだからね。

……褒めているわよ？

「そうだね。私達は兄弟そろって、どちらかに何かあった場合、ルフタネンを滅ぼすかもしれない。両親も他の兄弟も王権争いで血を流して、私達も何度も命を狙われた。貴族達は自分の島の繁栄が大事で、ルフタネン全体のまとまりがまだ薄い。なんでこんな自分勝手なやつらのために、命までかけて、大事な弟まで殺されて、国を守る必要があるのかと何度も考えたよ」

「いいんですか、そんな話を他国の人間に話して」

「きみは、いい意味で他国に興味がないだろう？　皇太子と結婚しないということは、権力にも興味がない」

そういえば私とカミルが結婚することで、自分の地位が危うくなるかもしれないってことは、これっぽっちも心配していなかったわね。

私の結婚相手の条件を聞いていたとしても、たいていの人は半信半疑なのに。

「私もカミルも王族の責務でこの地位にいるだけだ。もっと優れた指導者が現れたら、王冠をいつでも譲り渡したいくらいなんだよ」

「今は違うだろう。精霊王が戻って転送陣が復活したおかげで、他の島の人達との交流が増えた。愛する婚約者も出来て、守りたいものが増えただろう？」

カミルが諭すように言うと、王太子は額を押さえて大きなため息をついた。

「確かにそうだね。守りたいものが増えるというのは、肩にのしかかる責任が増えるということだ。でも最近、それが嬉しくもあるんだよな」

実はマゾなんじゃないですかね。なんて冗談は置いといて。

「守りたい相手が増えると束縛も増えて、動きづらくなるでしょう？　今のあなたのように感情が揺さぶられて、自分の感情を持て余してしまうこともある。もう私は、両手で抱えるのにいっぱい過ぎるくらい大事な人がいるんで、これ以上今は増やしたくないんです」

「ほら、十一歳の子がこんな話をするんだよ？　おかしいでしょ」

「ベリサリオの三兄妹は、みんなこんな感じだよ」

「……マジか。ベリサリオがおかしいのか」

王太子がマジかって、カミルの悪い言葉遣いがうつっているわよ。

『前世のディアは病弱だったのよ』

ん?!

『だからこの世界ではその反動で健康に注意しているの』

「それで訓練場で走っているのか」

待って、琥珀。なにを言おうとしているの？

それと、なんでカミルは私が走っていることを知っているのさ。誰がばらした？

『結婚どころか恋人が出来る前に死んでしまった彼女は、恋愛経験がないんですもの。カミルを手玉に取るなんて出来ないわ』

ごふっ！　ひどいよ、琥珀。

前世でも恋愛経験がなかったと、こんなところで宣言しなくてもいいじゃないか！

『若くして死んでしまい、親を悲しませてしまったことを後悔して、今度は幸せな結婚をして親孝行して、孫を見せてあげたいと、そう思っている少女におまえは何を言った？』

「そ……うだったんですか」

わ……若いよ、若い。瑠璃よりは間違いなく若い。

二十代で死んだんだもの。早死にしたんだもん。瑠璃の言っていることは間違ってないわ。

でもこのうしろめたさ、申し訳なさ。この場から転移してベリサリオに帰りたい。

「だから言っただろう？　ディアは商会の仕事では大人に負けないけど、恋愛事は全く疎いんだって」

「そう……だったな。ディアドラ嬢、大変失礼なことを言ってしまい、申し訳なかった」

いやあ、やめて！　頭を下げないで！

確かに中身はおばさんだから!!

も、もう、ダメージが大きすぎて、いっそ気絶してしまいたい。

「いえ、もういいですから。私も言いすぎました」

「そんなことはない。あなたが気分を害するようなことを言ってしまった私が悪い。年齢より大人びているのも、会話がしやすくて助かる。とても話しやすく、カミルが気に入るのも納得出来る」

うわ、若くして病死したという強力なフレーズを信じて、王太子がすっかり反省モードになってしまって、さっきまでの反動か友好度が一気に上がっちゃったよ。

間違っていないよ。若くして病死したよ。

前世の年齢はアラサーで止まっているの。今の私の年齢にプラスしなくていいの。いいの！

「ともかくですね……前世の年齢は」

『いいじゃない。あなたが、恋愛経験が全くないまま死んだのは事実なんでしょ？』

琥珀、抉ってる。抉ってる。

「それは、そんな誇らしげに言うことじゃないからね」

「病気だったなら仕方ない」

「本当に申し訳なかった。家族を亡くす悲しみは私も身に染みている。あなたが、両親にその悲しみを背負わせてしまったことを悔やみながらも、新しい人生を生き抜く姿勢は称賛に値する」

今度は褒め殺しですか。

みんなで、悪気なく精神攻撃を仕掛けてくるよー。

「それより！　私は大切なことに気付いたんです！　カミルは、厳密には私の結婚相手の条件を満たしていません！」

そうだ。話題を変えよう。

もう私の前世の話は終わりよ。終わり！

「どういうことだよ」

テーブルに手をついてカミルが身を乗り出したので、瑠璃がさりげなく私を腕で庇い、ブランケットを摘まんで私の頭に被せた。

「王位継承権を持つ人は駄目なの」

「持っていない」

「でももし、王太子が今、何かの事故で亡くなったら？　あるいは子供が出来なかったら？　次期王になれるのはあなただけでしょう？」

「ああ、それなら大丈夫だ。タチアナ様のお腹には、もう赤ん坊がいるらしい」

「はあ⁈　出来ちゃった婚かい！」

この王太子、恋愛なんて興味ありませんみたいな顔をして、もう婚約者に手を出したの⁈

「出来ちゃった婚？」

「ディアはたまによくわからないこと言うんだ。前世の言葉かな」

『でも今のは、なんとなく意味がわかったわ』

さすがです、琥珀様。

「私のことをいろいろと言っておいて、王太子殿下ってば、やらしーー」

うわ、一瞬で真っ赤になった。

ふって、鼻で笑って終わりかと思ったのに。

「ディアドラ嬢、女の子がそんなことを言っては駄目だよ。カミルも！　笑わない」

「兄上がたじたじになっているのがおもしろくて」

『あなた達、楽しそうなのは結構だけど、もう時間が遅いのよ。それに、今一番大事なのは、第三王子と第四王子をやっつけることでしょう？　それが終わらなければ、カミルの結婚どころじゃないわよ』

「ああ」

「そうだ」

琥珀先生に注意されて、王太子もカミルも、モアナとアイナも、真面目な顔になって頷いた。

「私にまっかせなさい。ふん捕まえてあげるから」

腰に手を当てて胸を張ったけど、ブランケットにくるまれているから見えないな。

「なるほど。本当はこういう子なんだね」

「おもしろいだろ？　ほかの女の子とは違うんだ」

「そうだね。カミルと仲良くやっていけそうな子だね」

そこのふたり、勝手にほのぼのしない！

私はカミルと結婚するなんて決めてないんだからね！

話がこれで終わりなら、いい加減に私を寝かせてちょうだい。

いつまでも居座りそうな王子兄弟と精霊王を追い返し、日付が変わる前にしっかりとベッドにダイブする。

前世の話も年齢の話も、気にしたら負けよ。明日は忙しいんだから。

ブランケットは本来の役割に戻り、私はすぐに爆睡した。

またやりすぎた？

旅行前にはドキドキしても、旅に出てしまえばしっかり眠れる図太さ。

消えてしまいそうな儚い雰囲気の子は、大の字になって口を開けて爆睡しちゃうぜ。

おかげで起床時間に爽やかに目が覚めた。

なにしろ若いからね。翌日に疲れなんて残らないわよ。

今日は、フェアリー商会ルフタネン支店の場所をどこにするか決定するために、両親と一緒に何カ所か案内してもらうことになっているの。

カカオの商談の時に話を優位に進めるために思いついた提案だけど、北島とベリサリオの関係が良好なおかげで、充分に採算の取れる話になったのよ。ルフタネン側も期待しているみたいだし、少しずつではあるけど計画は進展していたのだ。

このためにルフタネンに来たと言っても過言ではない。私にとってはメインイベントよ。

「新築がいいんでしょうか」

「そうね。素敵な建物なら中だけ改装するのもいいかもしれないわ」

「それなら、おすすめの建物があるんです。あとでご案内します」

カミルとお母様が並んで話をしながら歩く後ろを、私はお父様に手を繋がれて歩いていく。ひとりで歩けるのに、手を放してくれないのよ。突然駆け出して迷子になるような年じゃないのに。

たぶんカミルに近付けるのが嫌なのよね。

お母様からカミルが結婚相手に立候補した話は聞いているはずだから、今回カミルと一緒に囮になる話も、お父様が最後まで反対していたの。

お兄様達も最初は反対したんだけど、琥珀や翡翠にべったりとくっつかれてお願いされて、断る勇気はふたりにはなかった。

それなのに皇宮の会議で、行くのは当然みたいな顔をしていたから笑いそうになったわよ。

「ここは港に近いんですよね」

「いい場所ではあるが、もう少し広い土地のほうがいいんじゃないかい？」

支店と同じように建物の一階にカフェをオープンさせたいから、どこに建てるかは重要よ。

フェアリーカフェの客層は貴族中心になるので、客のほとんどが精霊車で乗り付けてくるでしょ？

その精霊車を停めるスペースや、正面玄関前には車寄せも作りたいわ。

車じゃないわね。馬車や精霊車寄せ？　ようは雨の日でも濡れずに店にはいれるように、屋根を付けたスペースよ。

「次の場所に行きましょうか」

「あれは何？」

精霊車に戻ろうとした時に、近くの店から出て来た子が串に刺した何かを持っているのに気付いた。甘い匂いがするわ。

「ああ、最近庶民に流行っている食べ物だ。柔らかく揚げたパンに香辛料と砂糖をかけてあるんだよ。手が汚れないように串を刺して食べるんだ」

揚げパン！

なんて素敵な響き！

「カミル！　カミル！」

説明してくれたカミルの服の袖を掴んで左右に振りながら、期待を込めた目で見つめたら、なぜかカミルは驚いた顔で慌てて目を逸らした。

「なんだ、急に」

「揚げパン」

「食べたいのか」

「うんうん」

普段食べないものなら何でもいいんだけども、まずは揚げパン。

精霊車に乗って、空き地を見て、また精霊車に乗っての繰り返しだけじゃつまらないじゃない。せっかく異国に来たんだから楽しまないと。

「悪いが、ディアが食べたいそうだ。買ってきてくれないか」

「はい。精霊車でお待ちください」

カミルに頼まれた騎士は、にこにこしながら頷いてくれた。

「ありがとう」

こういう時は笑顔でお礼を言いなさいとお母様に教わっているから、彼の方に少し近づいて笑顔でちゃんとお礼を言ったわよ。

「あ、いえ、すぐ買ってまいります！」

あれ？　駄目な笑顔だったかな。

緊張した様子で走っていっちゃったわ。そんなに急がなくていいのに。

「ほら、おとなしく精霊車に乗ってくれ。まだ一カ所目なんだぞ」

「こんなにおとなしくしているじゃない」

「ディア」

「はーい、お父様。今乗ります」

にこにこと微笑ましそうに私を見ているのは、今回初対面の警護の騎士達だけ。

両親も、カミルもキースも、しょうがないなあって顔に書いてある。

届いた揚げパンを見たら、お父様もお母様も興味津々で見ているくせに。

「串に刺すというのはいいね。だが、屋台で揚げるというのは危険か」

「帝国でもパンを揚げますけど、中に肉を入れますものね。甘いのは初めてだわ」

だってカロリーが高いんだもん。

砂糖をかけたら、もっとカロリーがあがるじゃない。

それにフェアリーカフェで出すタイプの料理じゃないのよ、揚げパンは。

「どうぞ」

かぶりつくのは無理そうだと、細かく切って出してくれた揚げパンをフォークで刺して食べる。

これじゃ違う……とは思うけど仕方ない。私は御令嬢。私は御令嬢。

「ああ！」

香辛料ってシナモンだったのか。

揚げパンにシナモンと砂糖。素晴らしいわ。

「ディア、どうした？」

「大丈夫？」

「すっごく美味しいです」

心配している両親に笑顔で頷いて見せると、ふたりも揚げパンを口に運んだ。

揚げパンは確かに美味しいけど、もっといいことを思いついちゃったわ。

私は残りの揚げパンを取り皿に全部移して、からになった皿に残っていた砂糖とシナモンを、紅茶のはいっているカップにぱらぱらっとフォークで落とした。

「お行儀悪いわよ」

「ごめんなさい。でもちょっと待って」

そのままフォークでくるくるかき回したから、紅茶に油が浮いちゃったけど仕方ない。どうせ砂糖もシナモンも油まみれよ。

一口飲んで、思わずうっとりと目を閉じた。

こっちの世界に生まれて、初のシナモンティーよ。

フレーバーティーはあるのよ。果物や花びらで香り付けするの。

ミルクを入れる飲み方もあるわ。

でも香辛料の種類が帝国には少ないの。原産国が南だから、ルフタネンのほうがいろんな香辛料が集まりやすいのね。

「ちょっと飲ませて」

お母様が手を伸ばしてきたのでカップを渡す。

油が浮いていたのでちょっと迷ったみたいだけど、少しだけ飲んでみて驚いた顔をしていた。

「カミル、この香辛料は高いの？」

「そんなことはない。砂糖と混ぜて使うと美味しいと気付くまでは、ほとんど使われていなかったんだ。手にはいりやすい香辛料なのに、薬として少量使うだけだったから安い。もっと南ではいろんな香辛料を使った料理があるが、ルフタネン料理には使わないからな」

需要がなくて安かったのか。

これはいいじゃない。

「原産国はどこ？」

「イースディル商会で扱っております」

わかっているわよ。ちゃんと取引するわよ。

カミルと話している間に、カップはお父様に渡されて中身が空になってしまった。

両親も気に入ったようだから、きっと仕入れて帰ることになるだろう。

「次の場所はこちらです。降りますか？」

次に案内された場所は、商店の並ぶ大通りに面した古い建物だ。

建て直すにしても、土地が狭すぎる。

「フェアリーカフェは落ち着いて食事を出来る店にしたいから、ここでは無理だね」

「商店街ではないほうがいいですか？」

お父様が説明してくれているので、私は窓から外を眺めた。

建物の造りも、道を行き来する人達の服装も、全てが新鮮だわ。

王太子の婚礼のお祝いのために店を飾り付けている人も多くて、とても活気に満ちている。

「見て、ディア。あの店に飾られている布が素敵よ」

「お母様、あそこに焼きイカ……そうですわね。刺繍が見事ですわ」

「さっき食べたばかりじゃない。まだお腹がすいているの？」

違うのよ。お腹がすいているから食べたいんじゃないの。

旅先で食べるのが楽しいのよ。

「美味しいものを食べさせてくれるって言われても、知らない人について行っちゃ駄目よ」

「行きませんよ。私はもう十一ですよ」

くすくすと笑う声が聞こえて恥ずかしくて、振り返れないよ。

妖精姫のイメージが、今鮮やかに変わっている人が何人もいるんだろうな。大食い姫に。

因みにイカも美味しかったわよ。

次に見た場所は広さはいいのだけど、貴族街のど真ん中だった。

コンビニじゃないから、歩いて五分の範囲ではお出かけにならなくて駄目だわ。

特に御令嬢は出かけられる場所が少ないでしょ?

お友達と一緒に出掛けられて、精霊車や馬車の中から賑わう街並みを眺められる距離があって、安心して食事が出来て、そこで食事をしたことがステータスになるのが大事なのよ。

「次が最後の場所になります。そこはおすすめですよ」

カミルが最後に案内したのは、港から少し離れた海岸に面した建物だった。

ルフタネンらしい白い壁と大きな窓と庇の形が独特で、海に向かって突き出した地形に建っているので大通りからも外れている。

「新しい建物なのね」

精霊車がすれ違える道幅があるし、大きな門をくぐると精霊車を停めるスペースも完備されていた。

「ここはリントネン侯爵が建てた別邸なんです。いずれ息子に家督を譲ったら、ここに住む予定だったそうなんです」

うわあ。その息子のせいで西島に移動することになって、誰も住まなくなっちゃったのか。

建物も大きいし敷地も広いせいで値段が高いのに、港からも貴族街からも離れているから、買い手がつかないのかも。

「素敵だわ」

「一階は改築する必要があるな」

「二階に個室を作って、三階を商会で使うといいわね」

天井が高く、室内も明るい。海側の窓は大きくて、広いテラスまであった。

これならテラスから白い砂浜と青い海を眺めながら、美味しい料理を食べられる店に出来るわ。

「でもよろしいの？　リントネン侯爵がこちらにいらした時にお泊まりになればよろしいのに」

お母様の問いにカミルは首を横に振った。

「もう西島の貴族になったのだから、北島に土地や建物を持っていたくないそうなんです。廃嫡した息子のことも思い出してしまいますし。フェアリーカフェにしても平気かと確認は取ってあります。活用していただけるのなら、むしろありがたいと言っていました」

テラスに続く扉を開けたら、心地いい潮風が建物の中に吹き込んできた。

海につき出した地形の先端に建物があるから、テラスに出るとぐるりと海が見渡せる。

遠く港も見えるし、あそこにあるのは灯台ね。

夕日はどっち側に沈むのかな？

「寒くないの？」

欄干に手をついて背伸びして、身を乗り出して景色を見ていたら、背後からお母様に声をかけられた。

髪を片手で押さえて振り返りちらっと室内に視線を向ける。

お父様とカミルは二階を見に行くみたいで、階段を上っていくのが見えた。

「寒くないですよ。ほらあそこに灯台があるんです」

「港も見えて、灯台もあって、なかなか素敵な景色だわ」

「でもベリサリオから来た人は、海を見に来るわけじゃないですよね」

帝国の、どの地方の貴族がルフタネンに旅行するのかな。

中央なら海はないわね。

「同じ海でも景色は違うじゃない。空の青さも違う気がするわよ。あなた、ロマンがないわね」

ロマンで腹は膨れないと思うタイプではあるわね。

「でもあの灯台はいいと思います。お母様、ここの店の袋のデザインには灯台を使いましょう」

「そうね。いいと思うわよ」

「不満そうに見えますけど」

「だって、せっかく旅行に来ているのに、あなた商売のことと食べることしか考えてないんですもの」

ええええ?! 今回はお仕事メインなんだから当然でしょう?

他に何を考えるの？

「前回会った時に、ずいぶんとカミルと親しくなっていたから、今回はどんな様子かしらと楽しみにしていたのに、あなたもカミルも全く普段どおりじゃない」

「他に何をどうしろと」

「カミルはあなたを気に入っているんでしょ？ もっとアピールしないと駄目よね」

「私に言わないでください」

「やっぱり、うちの男達がうるさいから警戒しているのかしら」

それって、そんな真剣にお母様が考えないといけないこと？

実は王太子もあまり乗り気じゃないみたいですよって言ったら、どうなるのかな？

うちの弟を手玉に取ろうとしている悪女だと思っていたみたいですよって。

「つまらないわ」

「ええ?!」

「クリスもアランも可愛げがなくて、お嫁さんも何の苦労もなく連れて来そうでしょ？　あなたは少しは普通のお嬢さんみたいに、恋する乙女になってくれるかもと期待していたのに。なんでうちの子供達には初々しさがないの？」

知らんがな。

前世でアラサーまで生きた私に、十代の初々しさは無理だわ。

「遺伝じゃないですか？　ほら、お婆様も叔母様も……」

「ああ……そうだったわね」

遠く海の向こうを見つめるお母様の姿はとても美しかったけど、悩んでいる内容を知っていると複雑な気分よね。

だいたいカミルが立候補したのだって、私はいまだに半信半疑なんだから、恋愛感情がどうこうなんてないわよ。

あんなイケメンが私の相手になるなんて、ありえないでしょ。

公爵で元王子で、仕事が出来て性格もいいって、揃いすぎていて不気味よ。

「カミルってアランと年が同じだったわよね」

「そうですね」

「あなたにはもう少し年上がいいのかしら。でも彼もしっかりしているのよね。もう公爵の仕事を立派にこなしているんでしょう？」

「そうですね」

「あなたの性格や、他の子との違いもちゃんとわかっている男の子って、皇太子殿下と彼くらいでしょ？」

「他の子との違い？」

「エーフェニア様糾弾の時、男の子はひとりもいなかったのよね」

そういう話か。確かにね。

カミルはルフタネンの精霊王引き篭もり事件の時に、私が瑠璃達と話すところも見ているしなあ。

「でも知られたら、余計にそういう対象にならなくなりますよ」

「……カミルを逃すとまずいかしら」

「え？　なんて？」

「この機会にカミルとよく話してみて」

「私にはもったいないんじゃないですか？」

「あら、カミルを高く評価はしているのね」

相手は公爵様で王弟だからね。婿候補としては最優良物件でしょう。

ルフタネンの女性達にもうアピールされているんじゃない？

それに比べたら私は、令嬢らしさ皆無よ。

アピールもされたことがないし、社交の場で御令嬢達と貴族らしいやり取りなんて、絶対に出来ないもん。

「そんなことカミルはよくわかっているでしょ。そのうえで立候補したんじゃない」

「妖精姫の名前が独り歩きして、なんでもかんでも私の功績にされていませんかね」

「むしろ、あなた発案なのに違うと思われている物もあると思うわ」

ううううう。自分の性格が憎い。

思いついたことを、つい話したくなったり試してみたくなっちゃうのよ。

「ディアはどうしたんだ？」

いつの間にか戻って来ていたお父様とカミルがテラスに出てきた。

この場所は中から丸見えなのを忘れて、頭を抱えてしまっていたわ。

「自己評価と周囲の評価の開きに悩んでいるみたい」

「なぜこんな場所で……」

そうよ、こんなところで悩んでいても仕方ない。

気持ちの切り替えの早さも私の特技よ。

周囲に悪く思われているわけじゃないんだから、自信を持てばいいのよ。

私だって見た目は気持ち悪いくらいに可愛いって言われるじゃない。心外だけど。

イケメンにびびるな。

前世のモテない干物女子と今の私は違うのよ。

「カミル、この建物が気に入ったわ」

「唐突だな」

つい勢いをつけて話しかけてしまって、カミルに怪訝な顔をされてしまった。

私はただの友人のひとりだと思っているだけなんだから、周囲が意識させるのはやめてほしいわ。変な雰囲気になるじゃない。

「そのためにここに来たんでしょう？」

「うん。まあ、そうなんだけど」

この建物とこの景色以上の物件はないでしょう。

せっかく建てたのに放置されていた建物は、フェアリーカフェとして生まれ変わるのよ。開店したら、たくさんの人がこの建物の美しさを気に入るわ。

「よかった。私もここがいいって思っていたの。でも乗り物がないと街の中心からも港からも、ちょっと遠いのよね。お客様が、乗り物を持っている裕福な人達だけにならない？」

ベリサリオや皇都のフェアリー商会は、周囲にいろんなお店のある街中にあるから、平民でもお金を貯めたり、特別な日に精いっぱい着飾って食事をしたり、そこまでのお金はなくてもケーキやチョコを買うくらいなら出来るのよ。

でもここはベリサリオじゃないから、帝国料理というだけでも敷居が高いんじゃないかしら。

「ベリサリオのフェアリーカフェのような店は、イースディル商会で作ればいいんじゃないですかね。帝国の料理じゃなくてルフタネンの料理を気軽に食べられる店にするんです。リーゾを使った料理やクカも食べられるようにしてほしいわ。そしたら食べに行くから」

「なるほど。それもいいわね」

今でもかなり忙しいカミルが、店舗経営にまで手を広げられるのがいつになるかは知らないけどね。

フェアリーカフェのオープンを手伝えば、かなり勉強になるでしょう。

「きみは、まず人材を集めたほうがいいな。なんでも自分で動いていては、下が育たないよ」

お父様に肩を叩かれて、カミルは真剣な表情で頷いていた。

島民の生活を豊かにするのは、仕事を与えて給料をもらえるようにするだけじゃ駄目なのよね。

そのお金を楽しく使える場所もないと。

食べたい物、欲しい物が手の届く場所にあって、ちゃんと働けばそれが手にはいって、休みの日には楽しめる場所もある。

たまにはちょっと贅沢しちゃおうか、なんて思えるくらい貯蓄が出来ればもっといい。

「ではここで決定だな」

「はい」

よし。これで店の場所は決まった。

建物の改装は、帝国でお世話になっている人達とルフタネンの人達と協力してやってもらおう。

現地の人は雇ったほうがいい。それは厨房で働く人もフロアで働く人達も同じ。

なにより大事なのは優秀な料理人を確保することよ。

フェアリー商会を立ち上げた時から料理研究を担当してくれていた料理人と、ベリサリオのフェアリーカフェの開店を経験した副店長が、少し前からこちらに来て、現地の従業員を探してくれている。

何人か候補者がいるそうなので、次は彼らがどんな料理を作るのか確認することになっている。

「迎賓館に戻ります。もう料理を準備してくれているはずですよ」

カミルがすっかりガイドになっているな。

キースやイースディル商会の人もいるのよ。公爵ばかり働かせちゃ駄目でしょ。

でもベリサリオ辺境伯に話しかけるのは、なかなか勇気がいるよね。

「あなた、食べられるの？」

「え？　全く問題ないですよ」

やだわ、お母様ったら。旅行中の食欲は普段とは違うんですって。

そして帰宅してから、必死でダイエットするんですよ。

走り込みもして、侍女にドン引きされても部屋でエクササイズもするわよ。

「本当に困った子ね。少しは素敵な男の子の前で、女の子らしいところを見せようと思わないの？」

またそういう話題？

お母様は私に何を求めているの？

「お母様、カミルをそんなに気に入っているんですか？」

「あなたを叱ったり、結婚したいと立候補する勇気があるのは彼だけなんですもの。でもそれだけじゃなくてね、もっと男の子を異性として見てほしいのよ。母親と娘の会話がまたしたいの」

「いつもしているじゃないですか。でも確かにカミルの行動力はすごいですよね。南方や東方の島国にも自分で買い付けに行くなんて」

私だって男だったら、あんなふうに世界を飛び回ってみたいわよ。

あれ？　もしかしてカミルが相手なら、一緒に転移魔法でいろんな国に行けるの？

あいつなら、いいよって簡単に頷きそうよね。

今、ちょっと一瞬ぐらってきたわ。


再び精霊車に乗って迎賓館に戻る。

意外と近くて驚いた。これは本当にいい物件を紹介してもらえたわ。

迎賓館に到着すると、今度はテラスに案内された。

ルフタネンに来てから、テラスやバルコニーにいる時間が多くてびっくりよ。食事は毎回バルコニーで食べるのがルフタネン流なのよね。

だから、ルフタネンのテラスとバルコニーは広くて豪華よ。屋敷の中で一番豪華にしている人もいるんですって。

精霊車から見たどの建物もテラスの壁や柵のデザインが凝っていたから、テラスをどれだけ居心地よく出来るかは重要なんだろうな。

昼を少し回っていたので、庭に出るとかなり日差しが眩しかった。

やっぱりベリサリオより暑いのね。空の青さも帝国とは違う気がする。テーブルに触ったら少し熱かったわ。

「こっちの人は太陽光を浴びるのが好きなんでしょうか。今でもこんなに日差しが強いのに。夏は真っ黒になってしまいそう」

「それでいいのよ。夏は日に焼けて、秋から冬は美しい白い肌でいるのが、こちらの女性のステータスなんですってよ？」

ええ?!　美容整形のないこの世界で、どうしてそんなことが出来るの?!

「日に焼けたらシミが出来ますよ」

「回復魔法があるじゃない。あなた、大丈夫？」

「回復……え？　あの魔法って日焼けにも効果あるんですか？」

「火傷の一種だっていう扱いなんじゃないか？」

じゃあ、なんで帝国の女性はパラソル使っているのさ。

あ、あああ！　帝国は少し前まで精霊があまりいなかったんだった。

ルフタネンは精霊の国と呼ばれるほど精霊が多いから、水の精霊に回復魔法を使わせられるというのが、貴族のステータスのひとつになっていたのか。

「今知ったの？　常識でしょう」

「ディアは変なところで抜けているなあ」

両親揃って、驚いた顔をしないでよ。こんな話題、今まで誰ともしたことないわよ。

それがおかしいの？　それとも、常識すぎて話題にするようなことじゃなかったってこと？

「美容関係を教える人がいなかったのね。それに、転んだり怪我をして回復魔法を使っているから、日焼けも肌荒れも髪の傷みも治ることに気付かなかったんでしょう」

「日常で回復魔法が必要な貴族は、そうはいないからね」

か、髪の傷みにも効くとは。

じゃあ、シャンプーや化粧品はなんでもいいじゃないか。

いや、そこでこだわって金をかけるのが貴族か。

「あれ？　じゃあ、茶会がある時に磨かれる意味は？」

「回復魔法は肌荒れは治してくれても、肌を美しくはしてくれないのよ。あなたにはまだ、肌の苦労なんてないでしょうけど」

そうか。回復魔法も老化には勝てないのか。

わかるよ。二十五を過ぎるとハリが違ってくるのよね。

十代なんてあっという間よ……って、いろんな意味で胸にグサッと来たわ。

私はいろんなことを知っているというイメージがあって、日常的なことを教えて来なかったことをまずいと思ったようで、両親は昼食を食べながら、貴婦人としての常識を教えなくてはと話し合っていた。

知ってるよ？　たいていのことは。たぶん。

それよりも、料理の味のチェックという重要な仕事をしないと。

盛り付けは合格。味もベリサリオの店と変わらない出来だ。

こちらでしか食べられない料理も作っていてくれて、それもとても美味しかった。いくつかはメニューに加えられるかもしれない。

まだまだやらなくてはいけないことがたくさんあって、開店までには時間が必要だけど、成功させる自信は出てきたわよ。

ただ、私は自由にルフタネンに来ることは出来ないから、ルフタネンでの準備は商会の人やスタッフに任せっぱなしになっちゃうのよね。

オープンの日に様子を見に来たいなあ。カミルに聞いてみようかな。

ああ、そうだ。昨日あれだけ失礼なことを言われたんだから、王太子に直談判しよう。

どうせこの後のお茶会で会うんだ。

昨日の食事会は、王太子と北島の貴族だけだったでしょ？　ひとり、西島の人もいたけど。

今日のお茶会はルフタネン全土から主だった貴族が集まるんだそうだ。

どうせ結婚式をやるんだから東島に集まればいいのに、私が東島に行かないからそれじゃ駄目なんだって。みんな、妖精姫を見物したいみたい。

そのために今日は北島に移動して、明日はいっせいに東島に移動するの。

それが出来るのは、精霊王が復活したと同時に機能回復した転送陣のおかげだ。

過去の技術だと思われていた転送陣は、精霊王が与えてくれた便利グッズだったのよ。

私のメインイベントはこれで終わり。充分に手ごたえがあったから満足よ。


食事が終わったら、すぐにお茶会に参加する準備だ。

今日は庭にテーブルと椅子が用意されて立食形式になるんだって。

参加人数が多いから、他にやりようがないみたいだ。

私が囮になることは昨日の食事会のメンバーしか知らないでしょ？　だから、みんなはまだ私が成人していない子供だから、外国の公式行事に参加しないんだと思っている。

それに私が参加すると聞いたら、ベジャイアやシュタルクが無理にでも参加しようとするだろうから、遠慮しているんだとも思われているみたいだ。

ついこの間まで戦っていたベジャイアや、何かと島国を差別するシュタルクは嫌われているからね。

今日はルフタネン風は意識せず、動きやすいように膨らみの少ないパニエを選んで、繊細なレースを何重にも重ねたドレスにした。

これぞ妖精姫のイメージだろう、どうだ！　って感じよ。

私が出来るだけ妖精姫のイメージを崩壊させないで済むようにように、せめて見た目だけでもとお母様が選んだの。

ルフタネン風のドレスを着た人達の中で、私たち帝国人の目立つこと目立つこと。

こちらの人達はみんな黒髪で黒い目だから、銀色に近い金髪だけでも目立ちまくりよ。

次々と挨拶にくる方々に両親が言葉を返す横で、私は微笑を絶やさず、声をかけられた時だけ答えればいいのだけど、それがずーっと続くから頬が痙攣しそう。

「予想以上に人数が増えて申し訳ない」

しばらくしてようやく、タチアナ様と連れ立って王太子がやってきた。

今日もタチアナ様はお美しい。ナイスバディは鮮やかな刺繍の布を羽織っても隠せないわよ。

その隣に立ってお似合いに見える王太子も、見目麗しいって感じね。

彼らもお祝いの挨拶をする人達に囲まれていたから疲れているだろうに、さすがだね。愛想のいいにこやかな笑顔が眩しいぜ。

でも私は子供だから、王太子に笑顔は返さず、ふんとそっぽを向いた。

「ディア？　どうしたんだい？」

私がこういう場で、こんな態度をすることは普段はないので、両親は驚いて私と王太子の顔を見比べている。

でもそれ以上に王太子とタチアナ様のほうが驚いて慌てていた。

まさかこんな大人げない態度を取るとは思わなかったんだろうね。

「困ったな。嫌われてしまったようだ」

「ディアドラ様、話を聞きましたわ。本当に申し訳ありません」

話って何さ。まさか転生の話はしてないわよね。

「あの、何があったんでしょう」

「ナディア様、すみません。殿下はカミル様をそれはもう可愛がっているのです。唯一の家族ですし、父親代わりだとも思っているので。そのカミル様が突然ディアドラ様と結婚したいとおっしゃったものですから動転してしまって」

「気持ちはわかります」

お父様、そこはわからないでください。

「それに殿下は……その……女性不信で」

「タチアナ、そんな話はしなくていいだろう」

「いいえ。妖精姫を疑うなんて失礼なことをしたのですから、きちんとお話ししなくては」

側近達が気を利かせて、他の貴族達は遠ざけられた。

パウエル公爵と外交官達が群がられているのが、ちょっと離れた場所に見える。

あ、カミルが気付いて慌ててこっちにやってきた。

「殿下は女性、特に美しい女性にはいい思い出がないのです。優しく近づいてくる美女の多くは、権力や財産目当て。でもそれはいいほうで、スキャンダルで立場を悪くしようと狙う女性や暗殺目的の人もいたのです。いいえ、そういう人しかいなかったんです」

「……」

ああ、王太子、額を押さえて俯いちゃったよ。

合流したカミルも、タチアナ様の話の内容でだいたいのことを察して、困った顔で苦笑い。

うちの両親も、王太子が私に何か失礼な態度を取ったんだろうということは理解したようだ。

「そもそも、まだなんの話もないのにディアに当たるのは筋違いですわ」

「我々は何も聞いていませんよ」

「当然ですわ。私は何も決めていませんし考えてもいませんもの」

「誤解してしまって申し訳ない。カミルの片思いなんですね」

「殿下」

カミル、その目つきで睨むのはどうなの。

その人、あなたのお兄さんで王太子だよ。

「本当に申し訳ない。何かお詫びをしなくては」

その台詞、待ってました！

「それでは西島と南島に行きたいです！」

突然私が元気よく言ったら、全員がぎょっとした顔で私を見た。

「カカオやリーゾがどのように育つのか、どのような方が生産してくださっているのか、自分の目で見るのは大切だと思うんです」

「ディア、さすがにまだ西島は心配だわ」

「そうだよ、それは駄目だ」

「私もそれはやめたほうがいいと思うよ」

そうよねー。西島は駄目よねー。

保護者達が全員一致で反対するのは予想済みよ。あらかじめ無茶なことを言っておいて、少し妥協してみせるのは取引の常套手段でしょ。

「仕方ありません。では、南島とフェアリーカフェオープン参加で妥協します」

これならどうだ！

「まあ、ディアドラ様は生産者のことも考えてくださっているんですね。いらしてくださったら南島の者達も喜びますわ」

タチアナ様は乗り気だな。

一回行ってしまえば、そのあとは転移出来るんだもん。行ける時に行きたいよね。

「帝国の輸入のおかげで、生産者の生活が安定してきているんです。畑を拡張したので、新しく職に就ける者も増えて、南島はとても明るい雰囲気になっているんですよ」

話をすればするほど、タチアナ様は故郷を愛する優しい人だとわかってくる。

きっと今まで、見た目の印象で誤解されることも多かったと思うのよ。ナイスバディーの艶っぽい美人って、ヒロインじゃなくて悪女役に選ばれる人のビジュアルだもんね。

スザンナは悪女タイプの見た目じゃないけど、大人っぽくて色っぽく見える雰囲気のせいで苦労しているのをよく知っている。タチアナ様なんて、もっと大変なんじゃないかな。

そういう人って体系を隠せる服を選びがちだけど、こうして堂々と、私はナイスバディですけど何か？　って服装で胸を張っていられるのは、隣にタチアナ様に惚れているんだぞって様子を隠さない王太子殿下がいてくれるおかげなんだろう。

素敵なカップルよね。

女性不信の王太子殿下に愛される人なんだもの。中身も魅力的なんだろうな。

「タチアナ様、そんなことで喜んでは駄目です」

そういう人は応援したいし、お友達になりたい。

今ルフタネンで一番仲良くなりたい相手は、タチアナ様よ。

「え？」

「帝国の輸入にだけ頼っていては駄目です。確かにこれから何年か、チョコはブームになって大量に売れるでしょう。でもスイーツは種類がいろいろあるんです。チョコが定着して落ち着いたらカカオの輸入量は増えなくなります」

「それは、そうですわね」

「ですから、南島でもチョコレートを作りましょう」

「ええ⁈」

「技術協力、業務提携、いずれは自分達でルフタネンらしいチョコレートの生産までもっていかなくては。チョコはいろんな香辛料と合うんですよ」

ルフタネンと帝国では、きっとチョコは違う方向に進化していくだろう。

ナッツ類も豊富な南島でしょ？　ハワイアンでしょ？

お土産定番のチョコのパッケージが頭に浮かんだわよ。

そうしていろんなチョコが食べられるようになったら、私は嬉しい！

「クカのムースもそうですわ。材料を生産するだけではなく、商品を作り販売まで行えば、それだけ仕事に就ける人が増えます。それを土産として売り出せば、ルフタネンを訪れる人達に喜ばれ……るでしょう」

……あれ？　なんか静かじゃない？

げっ！　いつのまにか周りにたくさんの人がいる。囲まれていた。

「素晴らしいわ。もっといろいろとお話ししたいわ」

タチアナ様は私の両手を握り締めて、興奮した面持ちで上下に振っている。

そんなたいした話はしていないでしょ。

私は経済に関してはど素人よ。

「ディアドラ様は、確か王位継承者とは結婚しないんでしたよね」

いつのまにか、背後にエリオットとサロモンが立っていた。

おまえらはセットか。

「結婚した相手が王位につくことになったら、どうなさるおつもりですか？」

「離婚する」

「素晴らしい！　こういうことは先頭に立って、方向を示してくれる人が重要なんですよ。ぜひ南島でのチョコ制作を手伝っていただきたい！」

「今回ばかりは、サロモンの言うことに同意するぞ」

……もしかして、また何かやらかした？

うちの両親、固まっているんですけど。

お父様の口元がひくひくしてるんですけど。

「わかった。南島の訪問とフェアリーカフェオープン記念に参加だね。カミル、案内係を頼むよ」

タチアナ様の肩を抱いた王太子殿下の嬉しそうなこと。

ちゃんと目的は達成したはずなのに、しでかしてしまった感が半端ない。

「いえそんな、気を使っていただかなくても……」

「それと、商会の仕事がしやすいように店の近くに屋敷を建てさせよう。妖精姫本人のみ入国審査なしで北島と南島に来ていただいて構わない」

はあああああ?!

どうしてこうなった！

目立たないように目立つ

ルフタネン三日目。

今日から両親とパウエル公爵は東島に移動だ。

「ブラッド、やっぱりきみもディアについて行ってくれ。レックスも戦闘訓練は受けているし、なによりここにはイースディル公爵家の護衛が大勢いる。ディアの大事な側近と執事を、きっと守ってくれるだろう」

「もちろんですとも！」

お父様の話を聞いて、サロモンがずいっと前に出てきた。

ここは迎賓館のホールだ。

もう東島に移動する時間なので、私達家族だけではなく、北島の人達も大勢集まっている。

気を付けて行ってらっしゃいと送り出す挨拶も終え、あとは東島に転移するだけなのに、まだお父様はぐずぐずしている。パウエル公爵はもう移動したのよ。

一緒に移動するはずのうちの両親が向こうにいなくて、今頃何が起こったのかと心配しているはずだ。それか、お父様の性格を把握していて呆れているかも。

サロモンはお父様達に同行して東島に移動して、ここにはキースとファースが残るんだって。

「ルフタネンの民は、妖精姫へのご恩を忘れておりません。カミル様ともたいへん親しいディアドラ嬢のお供の方々には、ぜひともゆっくりとお過ごしいただきたい」

サロモンの言葉に頷く護衛の人達の真剣さがすごい。

なんでこんなにやる気に満ちているんだろう。

もしかしてカミルが私と結婚する気だって、ここにいる全員が知っているんでは？

レックスやネリーもいずれ身内になるかもしれないと聞けば、そりゃ頑張るよね。

「たのもしいな。よろしくたのむよ」

お父様は何度か頷いてから、ブラッドの肩を抱いてサロモンから離れ、私の背後で話し始めた。

「きみはディアがやらかさないように、くれぐれも注意してくれ。それとカミルに気を付けて……」

小さい声で話していても、私には聞こえているわよ。

カミルに気を付けろって、どういうこっちゃ。

妙なことをしたら、ちゃんと自分で張り倒すわよ。

「あなたは変なところで世間知らずなんだから、流されないでね。ちゃんと考えて行動するのよ」

お母様まで心配しているの？

私ってそんなに頼りない？

「無茶も駄目よ。なんでも自分でやろうとしないでね」

「はい。出来るだけおとなしくしています」

「何かあったんですか？　なかなかおいでにならないので、あちらで待っている方々が心配していますよ？」

パウエル公爵を東島に転移させたカミルが戻ってきた。

そりゃ心配するよね。パウエル公爵が移動してから、もう五分くらいは経つんじゃない？

「……ディア、きみ、本当にその格好で行くのか？」

両親に移動するように話さなければいけないはずなのに、私を見たカミルがそのまま足早に近付いてきた。

「おかしい？」

思わず自分の姿を見下ろした。

今日はルフタネン町娘風のスタイルよ。精霊王のアイナがよく着ているアオザイに似ている服装ね。ただズボンではなくて、薄い足首までのスカートの上にスリットのはいった膝下ぐらいまでのワンピースを重ねるの。このワンピースの色や刺繍でおしゃれを楽しむんだって。

アオザイとの違いは刺繍のデザインね。

タチアナ様が羽織っている布の刺繍や、カミルがよく着ている民族衣装の布のデザインをシンプルにした感じよ。

私が着ているのは、瞳の色に合わせて淡い藤紫に濃い紫の刺繍がはいったワンピースと白いスカートだ。

刺繍は裾にはいっているだけだし、紫と言っても薄い色だし、精霊車から外を見た時、もっと派手な色合いの服を着た女性も男性もたくさんいたのよ。

「目立つ。帽子があったほうがいい」

「確かにそうだね。ディアは可愛いから目立ってしまうよ」

お父様まで近づいてきて、今更注文を付けてきた。

容姿に関係なく、人種が違うから目立つのはしかたないでしょ。

確かに金髪は目立つけど、王太子の結婚式の祝典や祭りがあるから、観光客だっていつもより多いはずよ。

「顔を隠すわけにはいきませんから、帽子を深くかぶるのはどうでしょう」

「仮面は駄目かい」

「そっちのほうが目立つでしょう」

私は囮なんだから、目立たなくちゃいけないの。

あまり不自然に目立つと警戒されるだろうから、自然に、目立たないようにしている振りをしつつ目立たないといけない。

それなのにお父様は最初、護衛を大勢つけようとしたのよ。

それじゃ襲えなくなっちゃうじゃないね。

「あなた、皆さんをお待たせするのは失礼です。移動しましょう」

「しかしね、きみに似てディアは美しいから目立ってしまう」

「目立たなくては、ただの観光旅行になってしまうわ。カミルも結婚式に出られるように、早めに決着をつけたいのでしょう？」

ありがとうお母様。ベリサリオの良心は、アランお兄様じゃなくてお母様だったわ。

「やっぱり式の日は、私ひとりで」

「「駄目！」」

ええーー！　お兄さんの結婚式だよ？　たったひとりの家族だよ。

王太子はカミルに出席してほしいと思っているよ。

結婚式の前に身を清めるとか、精霊に祈りを捧げる儀式があるから、結婚式は明日なのよ。

私がルフタネンに滞在するのも明日までだよって、それとなく噂は流しているから、もう敵も北島にいると思うんだよなあ。

「今は駄目だ。第三王子は俺を憎んでいる。俺がいないほうが式の邪魔をされないで済む」

「カミル、あなたも無茶は駄目よ」

「え？　あ、はい」

自分の心配をされるとは思っていなかったのかな。

お母様に話しかけられてどう反応すればいいのかわからないのか、カミルはあいまいに頷いて助けを求めるように私を見た。

「ディアには精霊王もついているわ。だから頑張りすぎては駄目よ。あなたに何かあったら、悲しむ人がいることを忘れないで」

カミルの戸惑いを気にせず、お母様は彼の襟の位置を正し、腕にそっと触れてから離れた。

彼も今日は平民のよく着ているあれよ。アロハシャツ。

とうとう着たかー。やっぱりそれかーーー。

でも、あまり派手ではないからまだましだ。白い袖なしのシャツの上に、青藤色の地に同系色の濃淡で花の絵が描かれている。

アロハにも地味な色合いのものもあるのね。

ただちょっと色が似ているせいで、私と並んでいると色を合わせたように見えるのが気になるのと、目つきが悪いせいで堅気に見えないのが難点だわ。

「……気を付けます」

「そうして。あなただってまだ十三歳なのよ。あなた、行きましょう」

まだ心配そうなお父様の腕を掴み、もう片方の手をひらひらと振って、お母様は魔導士に連れられて転移していった。

「母親っていう存在に慣れていないんだ」

頭を掻きながらぼそっと呟いたカミルの横顔は、困ったように眉尻が下がっていたけれど、口元にはかすかに笑みが浮かんでいた。


両親もパウエル公爵も東島に移動し、今日と明日は私ひとりよ。

しかも街に出られるのよ！

素晴らしい!!　と思ったのに、店まで精霊車で移動するってどういうことなの？

「前もって予約しておいたし、ディアが北島に来ているのは誰でも知っている。今日、きみがここに来ることをあいつらは知っているはずなんだ」

「でも精霊車に乗っていたら、近付いてこられないじゃない」

「街中で近付いてこられたら危険だろう。あとで郊外に行くから、その時には精霊車を降りてもらうよ」

私が囮になれるのは、今日と明日だけなのよ？

明日は王太子の結婚式よ？

こんな甘いやり方で、王子ふたりも捕まえられるの？

「焦ることはない。土産を買いたいんだろう？　せっかくルフタネンに来たんだから、買い物や観光も楽しんでくれ」

カミルだけ私の近くに座って、機嫌を取るのに一生懸命よ。

ジェマやブラッドは、私が危険にあわないほうがいいに決まっているし、キース達は巻き込まれるのを避けたいのか、私と目を合わせないようにしている。

そういえばカミルは、私が囮になるのは反対だったんだわ。

このまま観光させて、何も起こらなかったねって帝国に帰そうと思っているんじゃないでしょうね。

「ここが北島で一番有名な布屋だ。ショールやベールもここで揃うはずだよ」

ルフタネンで言うショールというのは貴族の女性が、シンプルなドレスの上に必ず羽織っている布ね。私の知っているショールより、ずっと布が大きいの。

みんな、工夫を凝らした使い方をしていて、ショールを留めるペンダントもいろんなデザインがあって素敵なのよ。

ベールはレースのカーテンみたいな透ける布で、頭にかぶってティアラで留めるのがルフタネン風なんだけど、何重にも重ねてドレスにしている人もいたわ。

「ものすごく高そうなお店ね」

貴族街のすぐ近くにあるメインの大通りに面した店は、店先にある大きな両開きの扉以外、窓がひとつもないいかめしい建物だった。

看板も出ていないから、前を通っただけじゃ何の建物かわからないわよ。

「いらっしゃいませ」

店の前にイースディル公爵家の紋章のはいった精霊車を乗り付けて、出てきたのは町娘風の服を着た女の子という違和感。

てっきり街をぶらつくんだと思っていたから、それらしい格好をしたのに意味がないわよ。お店の人が、驚いた顔をしているじゃない。

「どうぞこちらに」

中に入ってすぐのスペースは待合室みたいで、高価そうな籐家具が置かれているだけで、商品は一個もなかった。

でも奥の扉を開けたら、びっくりするほど室内が明るくて、壁にいくつもの布が飾られていた。奥の中庭側はそのままテラスに繋がっていて、そこから日差しが部屋の中に入ってくる造りになっているのか。

私達が案内されたのは、たぶんVIP用の個室よ。

部屋の中にいるのは椅子に座っている私とカミルと、ふたりのすぐ横にジェマとキースが立っているだけなんだけど、扉の外にはブラッドとファースが待機している。

ここまで警備が必要な外国の女の子が、この時期にイースディル公爵と一緒に来たら、私は妖精暇なんですって看板を掲げているのと同じじゃよ。

お店の人達は緊張した面持ちでまずお茶を用意してくれて、責任者が挨拶に来て、私に商品の説明をしてくれる女性が紹介された。

「まずは彼女に似合うものをいくつか持ってきてくれないか」

「はい。最高級品をご用意いたしましたわ」

大きなお盆のようなものに布を山積みにした女性店員が、ぞろぞろと部屋に入ってきて、広いテーブルに次から次へと布を置いていく。

奥様、ちょっと聞いて？　この布から客の好みに合わせて、その人の体系や使い方に合わせたショールを作るんですってよ。なんて贅沢なの？

どの布も綺麗で、ドレスにしても大丈夫なほどの長さもある。お友達へのお土産にしたら喜ばれるだろう。

でも囮には全くなっていないわよね。いいのかこれで。

「どのような色合いがよろしいですか？」

「もう冬のドレスは用意してあるので、春用のドレスにする布が欲しいわ」

「こちらはいかがです？」

私が帝国人だとわかっているから、ちゃんと帝国で着てもおかしくないような色合いの布を選んでくれるのはさすがね。

三種類ほど広げてくれた中で、春の若葉のようなグリーンの布地を手に取って肩にかけ、鏡に映った姿を眺めてみた。

私ってば可愛い……って自分で言うと気持ち悪いけど、こうしておとなしくしているとちゃんと御令嬢よね。

手触りのいい最高級品の布は刺繍の色遣いが見事で、その分、お値段もお見事よ。でもこのランクの品物なら、公爵令嬢や未来の皇妃に贈っても問題ないわ。

「この……」

「これもいいんじゃないか？」

「え？」

カミルが私の肩にかけたのは、涼しげなブルーの布に銀糸で刺繍の施された布だ。この布はどこから出てきたの？　広げられた布の中にはなかったわよね。

「この刺繍、すごいわね」

でもそれより、カミルが選ぶのを手伝ってくれるというのが意外よ。わからないとか、女の買い物に付き合うのは面倒だとか言って、窓から外でも眺めているタイプかと思ってたわ。

「これをドレスにして、ベールを羽織るといいんじゃないか？」

「そうね。素敵だわ。でもさっきの布も捨てがたいわ」

「両方買えばいいじゃないか」

「プレゼントですか？」

女性の店員が目をキラキラさせて聞いてきた。

そりゃあ、稼ぎになりそうだもんね。プレゼントならもっと高価な物をと思うのかもしれない。

彼女だけじゃなくて、布を運んできた女性店員達までにこにこよ。

「え？　あ……」

「そうじゃなくて！」

カミルに注目する女性店員の視界に入るように身を乗り出した。

「帝国にいるお友達にお土産を買いに来たんです。もちろん私の分も買いますけど、二十枚くらい選んでほしいんですよ。それと、その布に合うブローチも買いたいわ」

「ブローチも二十個ですか？」

「そうね」

「ありがとうございます！　すぐご用意いたします！」

カミルってば、勢いに押されて頷きそうになっていたでしょ。

NOと言えるルフタネン人にならないと駄目よ。

北島で一番の店というだけあって、見事な布とブローチがすぐに大量に用意された。

もうね、わけがわからないわよ。

ジェマに相談しようと思っていたのに、豪華さに腰が引けちゃってるの。

その代わりカミルとキースが戦力になってくれたのよ。ビックリでしょ。

ルフタネンではショールやベールの良さを見極めて、組み合わせを選べるようにするのは貴族の教養として必須らしいわ。

それだけ民族衣装を大事にしているのね。

それなのにアロハなんて広めた賢王の罪は重いわよ。

「これとこれの組み合わせはどうだ？」

「こちらのほうがいいのでは？」

「お、それもいいな。じゃあこの布にこれを合わせようか」

「それはちょっと高価すぎませんか？」

「あ、それはモニカに渡すわ。彼女の金色の髪にあいそう」

「モニカ……ああ、皇太子の婚約者候補のひとりか」

次々に高価なブローチとショールが選ばれて、皇太子なんて単語まで出てきたから、店員がざわざわしているし、中には奥に駆け出して、更に高価な商品を持ってくる人までいて、店内は大騒ぎよ。

「あ、ベールも十枚くらい買おうかしら」

「急いでお持ちします！」

布に合うブローチを組み合わせて箱に詰めてもらい、包装はしない状態で迎賓館に届けてもらうよう頼んで、ひとまず女性陣へのお土産は完成よ。

あとは布をお母様にチェックしてもらって、どれを誰に渡すか決めればオッケーだ。

侍女達にハンカチが欲しいし、男性陣へのお土産も買いたいんだけど、午後も何軒か行く予定だとカミルが言っているから、それは別の場所で選ぼう。

「お嬢様の分はいかがいたしましょう」

「先程のグリーンの布とベールはこれを。ペンダントはどうしようかしら」

「これは買わないのか？」

カミルはブルーの布が気に入ったみたいね。

「それはちょっと目立つんじゃない？」

「は？　きみは何を着ても目立つだろ。いまさら何を気にしているんだ。ほら、このベールを重ねて、このペンダントをつければいい」

カミルが合わせたのは、刺繍の一部が布の刺繍と同じデザインのショールと、大きなサファイアとラベンダー翡翠のペンダントだ。

商会のおかげで私個人の貯えもあるし、ベリサリオ辺境伯家から使っていいともらっている予算的にも、私にとっては無理のない買い物ではあるけど、ペンダントだけでもかなりの金額よ。

お土産二十人分に宝石付きのペンダントを選んでおいてなんだけど、このお値段の物をさらっとお勧めしちゃうあたり、さすが公爵様よね。

「本当に素敵なのが腹立つ」

「どういう意味だよ」

今のは私が悪かったわ。

謝るから、そんな人を殺しそうな目付きをしないの。

「私よりセンスがいいからよ」

「俺はルフタネン人なんだから当然だろう」

そのどや顔がむかつくって言っているの。

カミルよりファッションセンスがないなんて、ショックだわ。

「これも包んでくれ」

「ちょっと」

「この前の詫びも兼ねて、俺からのプレゼントだ」

いやだから、プレゼントにもらうにはこれは高価すぎるでしょう。

カミルは結婚相手として立候補している立場だから、このくらいは当然と思っているんだろうけど、まだ白紙の状態の私の立場からしたら重いわよ。

でも、先日の王太子の失言のお詫びだと言われると断りにくいんだよなあ。

「今までさんざん世話になっているんだ。このくらいはさせてくれ」

そうよね。

これくらいもらっても罰が当たらないくらいには、貸しがいっぱいある気がしてきたわ。

「ありがとう。ありがたく使わせていただくわ」

「いずれ一緒に夜会に出る時があったら、その布で作ったドレスを着てくれよ」

「え?」

うわ。今日は驚きの連続よ。

こんなセリフを吐く男だったのか。

「……言ってから恥ずかしくなって赤くなるのやめてよ」

「そういうことはいちいち指摘しなくていいんだよ」

ジェマがさっきから、胸を押さえてにこにこしていて気持ち悪いし、店員さん達も顔が緩んでいる。

きっと明日には、イースディル公爵が妖精姫にショールとブローチをプレゼントしていたって噂になるわね。

でも何か聞かれたら、今まで助けてもらったからとカミルが言っていましたって。それ以上の意味って何ですか？　わかりませんって、無垢な笑顔で言うから大丈夫よ。

店員さんやキースもいる前で、あそこで断るなんて恥をかかせてしまうから出来ないわよ。

……私もＮＯと言える帝国人を目指そう。


いやー、今日もいい天気だ。空が青い。

ふんわりと軟らかそうに見える雲が風に流されて、ゆっくりと海の向こうから漂ってくる。

野原に敷いた布に足を投げ出して座って見下ろす町や海は、ベリサリオの城から見る港町や海の風景にどことなく似ている。

目の前に手をかざして街並みを眺めていたら、手首につけたブレスレットがしゃらりと揺れた。

気に入ったデザインだから、嬉しくて口元が緩んじゃうわ。

侍女や商会の女性陣にはハンカチをあげる予定だったんだけど、隣に可愛いアクセサリーのお店があったから、ルフタネン風のアクセサリーをあげることにしたの。

五十個くらいまとめ買いしたら、今日は売るものがなくなったからって嬉しそうに店じまいしてたわ。

この世界に大量生産品なんてないもんね。全部手作りだから、在庫がそう多くはないんだね。

「あんな小さなお店なんですから空っぽになりますよ。目立たないようにって言ったじゃないですか」

「でもジェマも欲しがっていたじゃない?」

「……欲しいですけど」

貴族御用達の布地屋さんの隣にあるだけあって、安すぎず高すぎず普段使いにちょうどよかったのさ。

テーブルに並べて、好きなのを持ってけー! って自分で選んでもらえば楽だし。

「あとで好きなのを選ばせてあげるわよ」

「ありがとうございます」

あとは男性陣のお土産だね。何がいいかな。

「で、ここで昼食にするの?」

広い草原は見晴らしがよくて、誰かが近付いてきたらすぐにわかる。

私達から離れているとはいえ、そこに警護の騎士がいるのよ。こんな場所で襲撃しようなんて人はいないわよ。

「嫌か?」

「外で食べるのは嫌いじゃないけど」

囮になっていないなら、この状況はいったいなんなの?

海の見下ろせる丘の上で草原に布を敷いて、バスケットからお弁当を取り出して並んで座って食べるって、デートか？　デートなのか？

でもふたりっきりじゃないしな。

カミルが私にあまり近付くとブラッドが止めに来て、ジェマがそのくらいはいいじゃないかと文句を言うやり取りを、もう何度したことだろう。

「料理はフェアリーカフェの料理人に作ってもらったんですよ」

「……ジェマ、料理人の仕事を増やしちゃ駄目でしょ」

「彼らが作りたいって言ったんですよ」

「妖精姫のためだからな。これ美味いぞ」

もう食ってるんかーーい！

この公爵、食い意地が張ってるぞ。

「商会を始めた時からの付き合いだもの。ジェラートを作るために、調理場にあった食材を全部凍らせて泣かれたのはいい思い出よ」

「ほどほどって言葉を知っているか？」

「あったりまえでしょ」

しょうがないじゃない。精霊獣達がどのくらい魔法を使えるか、まだよくわかっていなかったんだから。

「調理場全部を凍らせたりはしなかったわよ。食材だけよ」

「災害みたいなやつだな。ほら、座って食事にしよう。ディアが立っていると、皆も食事が出来ない」

バスケットから出てきたのは、ルフタネン風に香辛料のきいた鳥の串焼きや、チーズのはいったパン。薄くカットしたアーモンドを衣にして揚げた魚にほうれん草のキッシュ。サラダとスープもついていた。

「本当は店で食べてもらえればよかったんだが、襲撃された時に他の客を巻き込んでしまう危険があるからな。外で食べるほうがいいと思った」

「襲撃って、精霊車で移動して店の前に乗り付けて、また精霊車で移動したでしょ。私がここにいるってわかっている人なんているの？」

「今、アクセサリー屋で目立ちまくっていたことを忘れたのか」

「店の中にいたんだから目立ってないでしょ」

「いや、目立っていた」

「……」

カミルから視線をそらしてバスケットに手を伸ばした。

風に揺れる黒髪や、整った横顔はやっぱりイケメン。

よく考えてみれば、お兄様のどちらもいない場所で、男の子のこんな近くにいるって初めてじゃない？

うちのお兄様達すごいな。しっかりガードされていたのね。

「ディアは、自分がそこにいるだけで目立ってしまうということを、いい加減に理解したほうがいい」

他のみんなは呆れた顔で私を見ているのに、カミルはおもしろがっているのか笑っていて、鋭い目も少し和らいで見える。ただしお説教口調だ。

「目立っても相手が近付いて来てくれなくちゃ意味がないのよ。私を襲撃したという事実が必要なの」

襲撃は怖くない。

でも、いつどんな状況で襲撃されるかわからない状況は疲れる。

いっそこちらから襲撃したくなるわ。

「午後も店を回るだけなの？」

「その予定だ」

「それで本当に襲撃されると思う？」

カミルはすっと目を逸らして、食事に専念する振りで料理に手を伸ばした。

「中途半端なことはしないでちょうだい。今回のことは精霊王に頼まれたことなの。邪魔をするなら別行動をしてもらうわ」

「駄目だ」

振り返った眼は真剣だけど、私だって負けてないわよ。

「あのね、精霊獣と精霊王が守ってくれているの。警護してくれる人達もいるの。これでも私を傷つけられる人がいたら、その人はもう人間じゃないわよ」

「精神的に傷つくことだってあるだろう。人が死ぬところを見ることになるんだぞ」

は？　何をいまさら。

ああそうか。カミルは知らないのか。

「バントック派が何十人も毒殺された事件を知っているでしょ。あの場に私はいたのよ」

がばっという音がしそうなほどの勢いでキースが顔をあげて私を見て、カミルも目を見開いて私の顔を凝視した。

「ディアも殺されかけたのか？」

「私は違うけど、お友達のカップにも毒は入れられていたわ」

正確にはお友達のカップに入っていた毒は別物だったんだけどね。

ニコデムスを絶対に許せない理由のひとつが、これよ。

「被害者の中に親しい人はいなかったけど、大勢の人が亡くなったあの日の光景は忘れられないわ。それでも、私はやると精霊王と約束したの。その約束の邪魔をするのなら、あなたとは一緒に行動出来ないわ」

「だが、何かあったら……」

「私を心配してくれるのはありがたいけど、はっきり言って私はここにいる誰よりも強いわよ。それにこのまま第三王子を野放しにして、結婚式や戴冠式をめちゃくちゃにされたらどうするの？」

「それは……」

まだグダグダと迷っているカミルに、私は手にしていたフォークを突き付けた。

「悪いけど、そのくらいならまだましよ。やつらが私を手に入れるために帝国にまでやってきて、誰か知り合いが巻き込まれでもしたら、私は一生後悔するわ。そんなのは絶対いやよ。男だったら

覚悟を決めなさいよ。あなたが守りたいのはなんなの？」

「きみだって守りたいんだよ」

「へ？」

ちょっとやめてよ。真面目な話をしている時に、そう言う台詞を突然ぶっこんで来ないで。

私は真面目に話しているのよ。

「でもわかった。確かにきみの言うとおりだ」

「よし。午後は街を歩くわよ」

「店を二軒予約してある。それだけは付き合ってくれ。土産だってまだ選び終わってないんだろう？」

そうだけどさ、土産という名の買い出しに来ている気分になってきたわよ。

外国に行く機会のある人が少ないし、日頃のお付き合いがあるから買わないと駄目なんだけど、いっそまとめて仕入れて、ベリサリオに帰ってから選んで梱包すればいい気がしてきた。

「じゃあ、さっさと買い物を終わらせて歩くわよ。警護は離れてついて来てもらうわ」

「……しょうがない」

でも午前中の店でさんざんお土産を選んで、少し遅めの昼食を食べて、二軒の店を回って精霊車に乗りこむ時にはもう夕方よ。

「これを見越して、さっき了承したんじゃないでしょうね」

「そんなことはないよ。土産を選んでいたのはディアだろう」

だって皇族兄弟やお兄様達に、土産を買わないわけにはいかないじゃない。

お世話になっている辺境伯や公爵、祖父や叔父様にだってあげないと。

「ううう……それでもまだ一時間くらいなら……」

日が沈む前なら出歩いても平気なんじゃないかなと、精霊車の窓から外を眺めたら、貴族街の屋敷の屋根が、沈みかけた日差しを反射して黄金色に輝いていた。

迎賓館も王宮も、ルフタネンの主だった建物は屋根がオレンジ色で壁が白いのよ。

「夕焼けに染まったら見事な景色になりそうね」

「ん？　ああ、外国から来た人にとってはそうなのかもしれないな」

「お昼じゃなくて、この時間にあの草原に行けばよかったんじゃない？　夕日に染まった街と海を一望出来るのよ」

「たしかにそうだ。これから行こう」

待て待て待て。腕を掴むな。

囮はどうした。

「お待ちください。お嬢だけ連れて行かれては困ります」

「キース。彼らの転移は任せる」

「ちょっと、カミル！」

椅子から引っ張り上げられて立ち上がった時には、周囲の景色が変わり、草原の中央にカミルと並んで立っていた。

昼間より少し強くなった風は、草に波のような模様を描いて、私達の髪や服をなびかせる。

遠く見下ろす街並みは一日の仕事を終え、明日からの祭りに浮かれた人達で賑わっているようで、時折風に乗ってここまで声が届いてくる。

そしてすべての景色が夕日に染まっていた。

白い壁がオレンジ色に染まり、オレンジの屋根は黄金色に染まり、町全体が昼間とは違う顔を見せていた。

「すごい綺麗」

「来てよかっただろう？」

「よくないわよ！　カミルあなたね」

「わかっている。明日は精霊車に乗らずにふたりで行動しよう。今日は一日紋章付の精霊車で町を移動したし、店の人間が仕事が終わった後に、俺達の行動をあちこちで話してくれるはずだ」

たしかに、これからやみくもに時間に追われて出歩いても、襲撃が夜になってしまったら警護の人達の負担を増やすだけではあるわね。

「絶対約束よ」

「絶対だ」

カミルに腕を掴まれたまま向かい合って睨み合う。

ちっとも色っぽい雰囲気でも何でもないのに、キースに連れられて転移してきたブラッドは、ものすごい勢いで突進してきた。

「なにをしてくれるんですか！」

「ブラッド、落ち着いて」

「しかし！」

「何も問題はないわ。大丈夫」

カミルは公爵でブラッドは平民なの。

それを理由にカミル達がブラッドを罰したりはしなくても、カミル相手にブラッドが手を出したらまずいのよ。

「見て、この景色。素敵でしょ」

「それは、そうですが」

「心配してくれてありがとう」

カミルから離れてブラッドの隣に並んだ。

彼の子供がもう七歳って信じられる？　つまり彼は七年も私をずっと守ってくれているの。

そのせいもあって、彼も過保護なのよね。

「すまない。この景色を見せたくて気が急いてしまった」

公爵に謝られては、ブラッドとしては恐縮するしかない。

それでも不満そうなブラッドの腕に手を添えて、私は徐々に色を変える街並みを見下ろした。

「あんたは何をしてるのよ」

ふたりでまったりと景色を見ていたら、今度はジェマが突進してきた。

「執事の場所はそこじゃないから」

「警護もしている」

「おじさんは邪魔しちゃ駄目なの。私達は危険がない時は離れて見守ればいいの」

「しかし……」

「いいからこっちに来なさい」

「ジェマ?」

あなただって執事としておかしいんだからね。

どうせ私とカミルが並んで夕陽を見ていたら尊いとか思うんでしょう。

「私達のことは気にしないでください」

「手を放せ。女のくせになんでそんなに力が強いんだよ」

「今、女のくせにって言ったわね。いいわよ、その喧嘩買おうじゃない」

すごいな。元冒険者の強面を脅して引きずっていく、見た目は美人の元軍人。一部に好きな人がいそうなコンビなんだけど、片方既婚者なのよね。

……平和だ。

とても暗殺とか囮とかの物騒な単語が飛び交う状況とは思えない。

「あのふたりはどうしたんだ?」

「気にしないで。特にジェマは変わっているのよ」

あれでも御令嬢で、元はベリサリオ軍人で、モテるんだけどね。

「本番は明日なのに、もう今夜から騒ぐやつがいるみたいだな」

「明日は仕事が休みなんでしょ？　そりゃあ飲むわよ」

「そんなものか」

笑いながら答えるカミルの横顔も、少し離れた場所でもめている執事達も、それを一人静かに眺めているキースも、夕日に照らされて全てオレンジ色に染まっていた。

たしかに綺麗な風景よね。

この世界に映画があったらワンシーンに使えるような背景よ。

「ベリサリオの城から見た夕焼けの景色も綺麗なのよ」

「そうだな。前回世話になった時に、何回か眺めた」

「私の部屋からも見られるのに、わざわざ夕陽を眺めるために窓の外を見たりはしなくなっていたわ」

「そんなもんだろう。俺だって普段は、わざわざ夕陽を見にここに来たりはしない」

「だから旅はいいわね」

外から自分の生活を客観的に見る機会になる。

ベリサリオはやっぱり素敵な場所だし、自分の部屋から見る景色を私は大好きだなって思える。

もちろんここからの風景も素敵だから、また見に来たくなるんじゃないかな。

「そんなもんかね。普段は予定に追われて飛び回っているから、旅先の景色なんて見ている余裕がないな」

「駄目ね。それじゃその国のことをちゃんと理解出来ないでしょ。商談するにも相手を知ることは大切よ。だいたい楽しくないじゃない。人生を楽しむ余裕がないほど忙しいのは駄目よ」

今からそんな生活していてどうするのよ。

早死にするわよ。

「ディアはさ、ベリサリオが大好きで、そこに家族や友人がいて、大事な場所だからそう思うんじゃないか？　俺は北島に来て日が浅くて、この土地に住んでいる奴らにしてみたら叔父を追い出して住み着いた余所者だ。公爵に面と向かって文句を言うやつはいなくても、信頼されて、この島の一員と認められるには、まだ時間がかかる」

「はあ？」

何を言っているのこいつは。

庶民は、経済を回して生活が安定していれば、誰が統治したって気にしないでしょ。むしろこうして帝国との貿易が増えて、妖精姫がやってきて店まで出すって話で盛り上がっているなら、大歓迎されているんじゃないの？

「一日目に食事をした人達が北島の貴族でしょ？　もうすっかり馴染んでいるじゃない。サロモンとかヨヘムとか、すっかり仲間でしょ」

「あいつらは……まあ」

「そんな風に言える人がいるのに、何を焦っているのよ」

「それは……きみに相応しくないと結婚を認めてもらえないからな」

だからさ、他の話題の間にその話をぶっこんで来ないでよ。

マジでそのために動き始めているの？　行動力ありすぎでしょう。

「あのね、自分の気持ちをよく考えなさいよ。一緒にいて楽なやつなんて友達みたいな相手と結婚したら、本気で好きになった相手が出来た時に後悔するわよ。ああそれと、転生のことはお兄様達には話してあるから、あなたと王太子に知られていることは報告するから」

「両親には話していないのか？」

うっ。嫌なところを突いてくるわね。

「もう日が沈んだわ。空が藍色になってきた」

「ディア。あんな素敵な両親なのに、なぜ話さないんだ？」

カミルは、誤魔化されないぞって顔で睨んでくるけど、話したくないって言えば、たぶんすぐに諦めてくれるんだろう。

だけど、誰かに話したかったんだろうな。

もうこの世界に生まれて十一年。お兄様達は転生のことは知っていても、肉親だから話せないこともある。

精霊王は聞いてくれるだろうけど、感覚が人間とは違うだろうし。

「小さな頃はうしろめたかったのよ」

でもカミルはたまにしか会わないこともあって、話しやすい距離感なのよ。

「若くして死んで、きっと両親をすごく悲しませたのに、私は転生して新しい両親が出来て、ふたりのお兄様もいて、毎日とても幸せだった。家族を裏切って、自分だけ幸せになったような気がしていたの。それにベリサリオの両親にも申し訳なかったわ。前世の記憶を引きずって、前の両親を思い出して泣いた時もあるのよ。ディアドラの、今の私の両親はすぐ近くにいる彼らなのに」

「でももう、吹っ切れたんだろう？」

「そりゃ十年以上たっているからね。今はもう、私の両親はベリサリオのお父様とお母様だけだと言い切れるわ。でもほら、言いそびれると話しにくくなるじゃない」

「ああ……わかる」

「今更言えない」

どんな顔をして言えばいいのよ。

きっと、なんでお兄様達には話して自分達には話してくれなかったんだって悲しむわ。

ぎくしゃくしちゃうのがこわくて、話す勇気がないよ。

「今みたいに話せば、わかってくれるだろ」

「いいの。そのうちまた考えるわ。なんでお互いのお悩み暴露大会みたいになっているのよ」

「お悩み暴露大会」

「笑うな！」

うわ。空を見上げたら、うっすら星が見えてきたじゃない。

気の早い人達がもうあちこちで照明を灯し始めている。港の方では音楽が奏でられているみたいだ。

「寒くなる前に戻ろう。俺達がいないまま、精霊車は迎賓館に戻っているはずだ」

「そうね」

カミルに話して、あっさりと理解してくれて、両親にもわかってもらえると言ってもらえて。

なんかすっきりしたわ。

そうよね、ちゃんと話せばわかってくれるわよね。

今じゃないけど、いずれはちゃんと全部話そう。

一歩を踏み出すために

今日は王太子の婚礼の日だ。

式が挙げられているのは東島だけど、北島だってお祝いの飾りつけがされて盛り上がっている。

前夜祭というのはこの国にはないそうで、当日と翌日が祝典の本番だ。

ただ庶民は夕べから盛り上がっていたわよ。

私の泊まっている部屋まで、深夜になっても音楽が聞こえていたわ。

街は祭りのための飾りつけが済んで、すっかり華やかになっていた。

広いバルコニーの手摺りに花を飾ったり、バルコニーとバルコニーの間にロープを伸ばして、風で揺れると日光を反射してきらきら光る、いろんな形をした飾りを吊るしている。ツリーの飾りに似た飾りは、夜には魔道灯が灯るのだそうだ。

街には明るい音楽が流れ、民族衣装やアロハを着た人達が飲んで食べて歌って踊って、いつもよりも通りに大勢の人が溢れていた。

相手にとっても私達にとっても、今日は絶好の機会のはず。

私達にも相手にも時間がないのよ。

彼らは、私が北島にいるうちに接触したいでしょうし、私達は、ニコデムス教とつるんでいたベジャイアの残党と合流されては面倒だし、いくら精霊王の依頼だとしても、他国のためにこんなことを何日も続けてはいられないわ。

「今日は祭りの会場を歩くのよね」

「店が並ぶ通りも行く予定だ」

精霊王は人間には干渉しない。

だから、やつらがどこにいるか調べて教えてもらうわけにいかないし、彼らが人間に何をしようと手出ししない。だけど私だけは別だ。

だから、おっしゃー！　さあ来い!!　って、ひとりで野原の真ん中に立っていてもいいんだけど、それは周りがやめてくれと必死に頼むし、やっても罠だと思ってきっと相手も来ないだろう。来たらアホだ。

いまだに王になれると思っているんだから、第三王子も第四王子もアホなんだけどね。

「いいか。絶対に俺の手の届く範囲にいるんだぞ」

「はい」

「ディアが迷子になりそうになったり、攫われそうになったら、すぐに俺に教えてくれよ」

『まかせろ』

『わかった』

私より精霊獣のほうが信用されてるって、どうなのさ。

今日はカミルとふたりだけで行動しているように見せるため、護衛は人込みに紛れて、少し離れてついてくることにした。

ジェマやブラッドは、普段はルフタネン人に紛れるなんて無理だけど、今日ばかりは港の関係者や商人達、観光客も大勢街に繰り出しているから問題なし。

ジェマがそこはかとなく上品でお金持ちのお嬢様風になってしまうのはしょうがない。

ブラッドはアロハが似合いすぎてびっくりよ。

こういう人、前世でパチンコ屋にいたイメージがあるわ。

「やっぱり、俺とお嬢で歩けばいいいんじゃないですか？」

ブラッドはお父様にカミルにも注意しろと言われているからか、ふたりっきりにするのは反対みたい。

「第三王子はカミルを逆恨みしているんだって。カミルも餌なのよ」

「土地勘のない者にまかせるわけにはいかない」

囮の私の傍にルフタネン側の人間が誰もいなかったなんて、うちの家族や皇太子に知られたら大変よ。

それにカミルは私の傍を離れないと決めていて一歩も引かないし、確かに地理に詳しいかどうかって重要だから、しぶしぶブラッドが引き下がった。

私もカミルも昨日と変わらない服装よ。

二日目だと自分の姿にだいぶ違和感がなくなってきたわ。慣れってすごい。

「迷子にならないように手を繋いでいくぞ」

「迷子迷子ってね、ちっちゃな子供じゃないんだから……きゃ」

カミルとふたりで行動を始めて早々、人混みに押されて流されそうになって、精霊状態になっていた精霊獣達が空中でぐるぐる回って周囲の人達を追い払おうとして、あわや大混乱になりそうになってしまった。

「……ディア」

「わかりました。手を繋ぎます」

「よろしい」

だってさ、手を繋ぐってハードル高くない？

家族以外と手を繋ぐ機会なんてそうそうないよ。

「手、小さいな」

「女の子だから！」

「わかってるよ」

繋いでいる手は見ないようにして、カミルを引っ張って歩き出す。

でも、また人に流されそうになってしまって、今度は手を繋ぐんじゃなくて、カミルに腕を掴まれてしまった。

連行されている犯人みたいじゃない？

国王が病に倒れて、王子同士が政権争いして暗殺まであって、それが内乱になってと、ルフタネンはここ何年かずっと暗いニュースしかなかったでしょ？　それがようやく精霊王が姿を現してくれて、これでルフタネンも平和に豊かになると期待が膨らんだところで、王太子の結婚だもん。そりゃあ騒ぎたくなるのもわかるよ。わかるけど、危ないから前を見てくれ。

私の身長、そんなに低くないだろう。精霊が光っているのも見えるだろう。避けて。巻き込まないで。

「可愛い子がいるから、どさくさに紛れてぶつかって気を引こうとしているんだ」

「ぶつかられたらむかつくだけで、ナンパにならないから」

「ナンパ？」

「えーと、気を引いてお近づきになろうとすること」

「ほー。それをナンパっていうのか」

カミルに連行されつつ、人混みの中をうろうろすること一時間。

いつの間にか港の近くまで移動していたみたいで、道の両側に屋台が並ぶ通りに出た。

ベリサリオの屋台とは色彩が違うし、屋台にもショールや民族衣装で観られる模様を描き込んでいる。これは祭りだからかな。

今日は料理を作らないで買う人が多いのか、この辺りは女性の数が多くてちょっと安心だ。

「カミル、カミル」

「今日も食べるのか」

「今日もって。明日には帰るんだから、食べないと」

これはフェアリー商会の食べ物部門の代表として必要なことなのよ。お仕事でもあるの。

カミルの手を掴んでぐいぐいと引っ張って、まず最初に行くのは、そりゃあ肉でしょ。

「これはみんな同じお肉なの？」

突然、金色の髪の女の子に声をかけられて、いかつい中年の店主はびっくりした顔で私とカミルの顔を何度も交互に見た。

カミルって顔が知られているのかな。

彼と一緒にいると、私が妖精姫だってバレバレ？

「全部同じ肉だよな。味が二種類ある。こっちが香辛料のはいったたれの味で、向こうは塩と胡椒だ」

カミルは平然とした顔で説明してくれるけど、店主の顔色が悪くなっている気がする。

ここはコミュニケーション能力を発揮しないとね。

黙って俯くより、笑顔と勢いで押し切るわよ。

「こっちの小さめの串をちょうだい！」

それでいて、少しだけ子供っぽさも忘れずに。

「あ……ああ、お嬢さんには量が多すぎるかな」

「違うわ。両方の味を食べたいの」

「両方？　小さいのを二本食べるのか?!」

そんなに驚くようなこと？　バーベキューの時に使うような太さの串に、肉が三つと野菜がついているだけよ。二本くらいは軽いわよ。

「ディア、ほかにも買うんじゃないのか？」

カミルまで心配そうに小声で聞いてきた。

「だから二本買ってふたりで分けるのよ。やだ、ひとりで食べきれないよ」

本当は問題なく食べきれるけどな。

「そうだよな。いや驚いた。両方一本ずつだな。ちょっと待ってくれよ」

店主は指の間に串を挟んで、一度に四本ずつひっくり返していく。タレのはいった壺に、串を突っ込んでからまた焼く手早さはさすがだわ。

「うわー、そんな大きな肉がついた串を、いっぺんに四本も持てるの？」

「そりゃ持たないと、お客さんを待たせちまうだろう」

「すごいね」

「はっはっは。お嬢さん、今日は祭り見物か？」

「そうなの」

どうよ、すっかり気を許してくれたわよって、どや顔でカミルを見たらしらーっと横を向かれてしまった。

おいこら、私の努力を何だと思っているのよ。

「はい、焼けたぞ」

「わーい。カミル、あれは何？　向こうのもいい匂いがするよ」

「そんなに食べるんかい！」

店主に驚かれてしまった。

ふつう食べるよね？

「わかったから落ち着け。これを食べ終わったら次を買おう。残したらもったいない」

「あんたは母親か」

その場で果物を絞ってもらったジュースを近くの屋台で買って、木のテーブルと椅子が並ぶ食事スペースに移動した。

カミルはあまり綺麗じゃないと心配してくれたけど、庶民が集まるエリアの屋台の周囲ってこんなものよ。むしろ綺麗なほうじゃない？

「うん。美味しい。ルフタネン料理って香辛料を使っている割にくせがないのよね。食べやすい」

「そうだな。だが、島国に来たのに魚より肉を選ぶんだな」

「そういえばそうね」

でもベリサリオだって魚メインだから、特にありがたみを感じないのよ。

今日は一日歩き回る予定なんだし、ここは力をつけるためにも肉でしょう。

「ん？　どしたの？」

カミルが急に振り返って一点を見つめたので、何事かと私も目を向けたけど、特に何も起こっていない。

首を傾げていると、

「二時の方角」

軍隊？　わかりやすいけどね。

「あいつは知り合いか？」

あいつと言われても、人の往来が多くてよくわからない。

「道の向こうの建物の前だ」

「遠いわね」

目を凝らして人混みの先に注目すると、こちらをじっと見つめる青年が立っているのを見つけた。彼の存在に気付いていることを知られたくなくて、すぐに視線を逸らして遠くを見つめたけど、あの強い視線が私に向けられていたのは間違いないと思う。

「たぶんルフタネン人じゃないわね。顔はベジャイアとかシュタルクっぽい気がする」

「黒髪だから混血かもしれない。瞳は灰色だ。もしかするとペンデルス人かもしれない」

それは別におかしくはない。

ペンデルスは砂漠化して共和国になった時に、多くの人がばらばらになっていろんな国に住み着いて、混血が増えている。ベリサリオにだっていたもんね。

長く他国で暮らして精霊に対する考えが変われば、手の甲の痣が消えて、元ペンデルス人でも精霊を持てるようになるそうだし、ニコデムス教の信者じゃなくて、新しい国で平和に暮らしている人なら全く問題ないのよ。

「知り合いじゃないんだな」

「初めて見る顔よ」

「だが、さっきからずっときみを見ているぞ」

「あんまり彼の方を向かないで。気付かれたからって話しかけられたら嫌でしょ。西島の関係者かもしれないわよ」

「そうだな。知らん顔をしているほうがいいか」

ようやく不審者が現れてくれたんだから、このまま放置しておこう。

仲間に連絡して、行動を起こしてくれるかもしれないわ。

「ということで、あっちの屋台に行ってみようか」

「場所を変えて、ついてくるか確認するべきだろう……待て」

カミルが不意に言葉を切り、さっと背後を振り返った。

「あれ？　さっきの」

そこにいたのはさっきの屋台の店主だった。

「驚かしてしまいましたか。すみません」

敬語？

後ろにいるふたりは、近くの屋台で見かけた人だわ。

「公爵様ですよね」

身を屈めて小声で言われて、カミルははっとして腰の剣に手を伸ばした。

「なぜ……」

「何度かお供の方とこちらにおいでになっているのを見ていましたので、このあたりの者は公爵様を知っています。最近、景気が良くて助かっているんです。公爵様のおかげだから、ぜひ自分の屋台の料理を食べてもらいたいと、こいつらが言い出しまして」

「え？」

私はカミルの隣にいたから、さっきまで緊張してきつい目つきで身構えていた彼が、呆気に取られて間抜けな表情に変化する様子が間近で見えるでしょ？　おもしろくて、つい口元が緩んでしまった。

「アーモンドを衣にした魚のフライです。最近南方や南島の食料を手に入れやすくなったんで、作ってみたら大繁盛なんですよ」

「私の屋台の料理も食べてみてください。まだ成人前なのに、いつもお忙しそうで心配だったんです」

「でもこんな可愛らしい方とお休みを過ごしていられるなら」

「安心だよな」

何がまだ北島では余所者よ。

みんな、カミルが頑張っているのを見てくれていたんじゃない。

「あ……りがとう……って、やめろよ」

照れ笑いをしている顔がいつもよりずっと幼くて、からかいたくなって肘で横腹をつついたら怒られてしまったわ。

「あの、もしかしてあなたは、よ……」

「しー」

唇に人差し指を当て、笑顔でウインク。

店主達はそれでわかってくれたようで、それ以上は質問しないで、テーブルにお皿を置いてそれぞれの屋台に戻っていった。

「見て見て。どれも美味しそうよ」

「そんなに食べられるのか？」

「ふたりで食べれば楽勝でしょ？」

十五くらいの男の子の食欲は、見ていて気持ち悪くなるくらいじゃない。

うちのお兄様達も食べる食べる。

それで太らないで背が伸びるのよ。不公平よね。

「あ、いなくなっている」

「え？」

「さっきの男」

確かに、さっきこちらをじっと見ていた男はいなくなっていた。

遠くて顔がよくわからないし、目立つふたり組だから見ていただけかもしれないし。

「何かあるなら、またかかわってくるわよ」

囮なんだから、ああいう変なのが現れてくれないと困るのよ。

「それより、よかったじゃない。北島の人はもう、あなたを余所者なんて思っていないのよ」

「……そうかな」

これだけの人がいれば、いつまでも認めてくれない人はいると思う。全員に好かれるなんてありえないから。

でもそれは、時間が解決してくれるんじゃないかな。

何年かこの島で暮らしていれば、徐々に認められるようになるはずよ。

「今まで出会った島の人は、いい人ばかりだったわ」

「ルフタネン人は気がいいやつらだろう？」

「そうね」

彼らが持ってきてくれた料理は全部美味しかったわよ。

揚げたて、焼きたては美味しいよね。

素朴で優しい味で、ちょっと懐かしい。

「そろそろ場所を変えよう」

「はーい」

店主達にお礼を言って、また人混みの流れの中に戻っていく。

これね、けっこう体力と気力が減るわよ。

どこから狙われているかわからないから気が抜けなくて、ずっと緊張状態だもん。

私を守らなくちゃいけないと思っているカミルは、もっときついんじゃないかしら。

メインの通りは人が多すぎるので場所を変えようということになって、ようやく少しは人が少ない通りに移動出来た。

こっちは店の雰囲気も、落ち着いて少しお高そう。

私は昨日と同じくこちらの平民の女の子の服装で、カミルは今日は民族衣装だ。

「私の服で、この辺の店は入れるの？」

「どう見ても外国のお嬢様がお忍びで歩いているようにしか見えないから、どの店にだって入れるよ」

「そんなもん……」

あれ？　通りの向こうにいるあの人……。

「どうした？」

「え？　ああうん。あそこ……」

声をかけられてカミルを見上げ、話しながら視線を戻した時には、もうそこにいた人物は消えていた。

「いない」

「誰かいたのか？」

「さっきの場所にいた男よ。ここでもまたこっちを見ていたの」

「くそ」

カミルは腰の剣に手を置いたまま、油断なく周囲を見回した。

「足を止めるなら、脇に移動しましょう」

「いや、このまま移動する」

薄い灰色の瞳が印象的な綺麗な顔をした男だった……と思う。

あまりゆっくり見ていられなかったし、距離があったからはっきり見えなかったけど、間違いなく私達を見ていた。

「ストーカー？」

「え？」

「離れていたのに視線を感じるくらいにじーっと見てたの。顔は整っているんだけど冷たい感じで」

「クリスみたいなやつか」

「違うわよ。冷ややかーな感じなのよ」

「クリスみたいじゃないか」

「だから違うって。印象としては蛇みたいな感じの目だった」

「それは違うな」

「でしょう？」

でも私達が今回捜しているのはルフタネン人だから、彼は関係ないよなあ。

「あっちにも行ってみない？　人が少ない裏路地なんかどう？」

「この状況で裏路地に行ったら、俺がディアを連れ込んでいるように見えないか？」

「おまわりさん、この人です」

「おまわ……よくわからない言葉が多いな」

「ああ、ごめん。もうばれていると思って、油断しまくっていたわ」

「そういう油断はいいけど、気を緩めるのはやめてくれ」

いつもよりおしゃべりになってしまうのは、やっぱり怖いからだろう。

だから、こちらを見ている男にも気付いたんだと思う。

初めて来た場所でここがどこかわからなくて、カミルとはぐれたら転移魔法を使わないと戻れる気がしない。

周囲は黒髪のルフタネン人ばかりで、私だけが異質だ。

すれ違った後に振り返ったり、わざわざ引き返してくるやつもいるのよ。

そういうやつらはみんな、私の精霊の大きさに驚くか、仲間にやめろと引きずられていく。

耳に届く異国の音楽と、風が運んでくる異国の匂い。

わっと背後で歓声があがって驚いて、私からもカミルの腕を掴んだ。

「大丈夫。そこで曲がろう」

私は大丈夫。

危ないのはあなただから。

彼らは利用価値のある私は殺さない。

でもカミルは邪魔な存在だ。

すれ違う相手が武器を持っていて、カミルに攻撃してくるんじゃないかとハラハラしてしまう。

そうだ。私の精霊は魔精だから、アランお兄様のような身体強化は出来ないけど、バリアーなら張れるはず。

薄くていいのよ。ううん。周囲に知られたくないからむしろ薄いほうがいい。

ストッキングみたいに薄くて、でも刃を通さないバリアー。

どう、ガイア？　出来るんじゃない？

「これ……きみが？」

おお、出来てしまった。

これで少しは安心。

「そんなに怖かったか」

「これで刺されないでしょ？」

「……俺のため？」

意外だったのか目を見開いて驚いたカミルは、すぐに笑顔になった。

「心配してくれていたんだな。ありがとう」

うっ。アップで見るイケメンの笑顔は破壊力がすげえぜ。

途中で出店を物色したり大道芸人を見物したりしつつ、三時間近くふらふらしたのに一向に接触なし。

やる気あるのかこらあ。

「昼過ぎになったのか。どこか店に入って何か食べるか？　さっき食べたから腹は減っていない？」

「ここで食べたら、この後の展開によっては吐くかも」

「どんな展開だよ」

第三王子と第四王子って殺さないと駄目なわけでしょ。

それだけ罪を重ねている奴らだっていうのもわかっているし、復讐したいカミルやモアナの気持ちもわかる。

私だって家族が殺されたら、その相手を八つ裂きにしに行くと思うもん。

この世界の常識に照らし合わせても私の気持ち的にも、復讐は駄目だよなんて、言う気にはなれない。

でも、誰かが殺される場面に遭遇した経験がないからさ、覚悟は決めていてもどんな反応をしてしまうかわからないのよ。

「吐きやすい体質なのか？　アランがディアは良く嘔吐《えず》いてるって言ってたぞ」

「違うわよ。子供の頃、魔力を使い切って気持ち悪くなっていただけよ」

なにを言ってるの、アランお兄様は。

余計な情報をカミルに流してドン引きさせて、私に近づく気を消滅させる作戦かな？

正しい情報なのが悲しいよね。

『足を止めるなって』

不意に私とカミルの間から声が聞こえてぎょっとして顔をあげたら、風の精霊がふわふわと浮いていた。

誰の精霊よ。この形態だと見分けがつかないのよ。

『ファースが見つけた。後ろと右側。準備出来てるって』

「わかった。作戦どおりに」

『ほーい』

周囲の人達も精霊を持っている人がほとんどだから、周りにふわふわ浮いているのが当たり前で気にしていない。

ここまで精霊だけで来られたってことは、ファースはすぐ近くにいるはずだ。

「人気のないところに移動しよう」

「追いかけさせようよ。気付いて慌てて逃げる感じで。でも私がとろくて早く走れないの。お嬢様って走らないでしょ？」

「わかった。港に行くか」

「えー。建物を壊したら困るじゃない」

「さっきから何をする気なんだよ。精霊王は暴れないぞ」

あ、そうだった。

精霊王は一瞬で人間なんて消せるんだ。

「……よし。向こうの砂浜に行こう」

カミルがちらっと後方を振り返ってから、私の手を引いて走り出した。

片手をカミルと繋いで、もう片方の手でスカートを少しだけ持ち上げて、人を避けながら逃げるって、悪者に追われて勇者に助けられているヒロインみたい。

このくらいの早さだと必死には遠いし、長距離走も行けるぜ。

平民の服と靴は走りやすいよ。労働にも使えるように出来ていて、スカートはゆったりとしているから思いっきり足を開ける。

スタスタスタ……って走り出してすぐ、これは御令嬢の走り方じゃないと気付いて、ちょっとよろける感じでパタパタと駆け出した。私ってば女優よね。

「ねえねえ、砂浜までどのくらいの距離？」

「走っているのに息を切らせないで話せるのか」

「この程度で何を言ってるのよ。毎日訓練場で鍛えてきた成果を見せてあげよう」

「やめてくれ。敵が追いかけるのを諦めたら困る」

どこからいつ敵が来るかわからない状況より、対処しているとわかっている今のほうがずっと気が楽よ。

引っ張られる腕がちょっと痛いけど、建物の角を曲がり、細い路地を抜けていく。

正直にいうと、さっきまでうろうろしていた場所より、こういう路地のほうが庶民の生活の様子が垣間見えて、ちょっと楽しい。

走りながらもカミルは何度も私を振り返って、苦しそうじゃないか確かめてくれている。

それにこのくらいはへっちゃらさと笑ってみせて、でもあくまで走り方はつらそうに、必死な様子でカミルについて行く。

途中まで港方向に向かって走り、そこから海と平行に右に向かうと、人もまばらになってきて、追いかけてくる相手の姿が見分けられるようになってきた。

貴族と元王子なのに、全員が着古した平民の服を着ている。半分はアロハ姿だよ。この世界に根付きすぎでしょう。賢王、きさまのせいだぞ。

全部で二十人くらい？　徐々に合流しているから、最終的には倍くらいに増えるのかな。

貴族風の人は少数で、元々戦士か冒険者か。平民もいるんじゃないかな。

これが第三王子派？　少ないなあ。それともどこかに待機しているのか？

もう相手も隠す気がなくて、見失うな、追い込め、と喚きあっている声が聞こえてきた。

「ふっふっふ。計画どおり」

「きみが一番の悪役に見えるのはなぜだろう」

カミルも落ち着いてるね。

ようやく兄ちゃんの仇に会えるのに。

第四王子は第二王子のゾルっていう人の仇で、第三王子は第四王子を騙して利用した主犯かもしれなくて、カミルを殺そうとしたのも第三王子。その時に、乳母とか料理人とか護衛が大勢殺されているんだよね。

モアナが第四王子を、カミルが第三王子をやっつけたかったはず。

「こっちだ」

街から外れ、左右に林の広がる道を走り、不意に左に曲がったら、木々の向こうに白い砂浜と青い海が広がっていた。これって防風林だったのか。

平らな石を並べただけの階段を降りて、砂の上を走る。

追い詰めたと思っているのか、敵は道へ戻る位置を塞ぎ、私達を取り囲むために散開した。

「ようやく追い詰めたぞ！　カミル！」

ぜえぜえ言いながら前に出てきたのが第三王子？

ずっと牢獄にいたから体力落ちたのかな。

いや、後ろにいるアロハ姿の青年も膝に手を突いてハアハア言っているから、普段の怠けた生活がたたっているんだろうな。

「やあ、脱獄犯。元気そうだね」

「きーさーまーー!!」

やっぱりこいつが第三王子か。

見た目がいいって誰か言ってなかったっけ？

私にとって美形の基準はうちの家族よ。

この男のどのへんを指して、見た目がいいって言ったの？

「王子、落ち着いてください。妖精姫が驚いていますよ」

カミルが私の前にいるので、肩越しにそっと喋った相手の顔を窺う。

「ボスマン伯爵、仲間を殺してまで犯罪者を担ぎ出すとは意外だったよ」

「彼は犯罪者などではない。正統なる王位継承者だ」

彼がボスマン伯爵か。

一言でいうと、頭髪がちょっと寂しげなごついおっさん。それもお爺さんに近いおっさん。

鼻が大きくて眉が太くて、口元と眉間に深い皺がある。

いつでも不機嫌そうな顔をしているから、そんな皺が出来ちゃうのよ。

「さあ、妖精姫をこちらに渡してもらおうか」

「待てボスマン。それでは姫が怯えてしまう。姫、その男はあなたを騙しているんですよ。私の話を聞いてください」

声はいい。無駄に甘い声だ。

だけど軽薄そうな表情でその声で話すと、胡散臭さ倍増。

顔は良すぎると警戒されるから、このくらいが結婚詐欺師にはちょうどいいのかもしれないけど、王子としては下品な感じが強すぎる。

「あなたが元第三王子？」

「……元じゃありません。王太子の陰謀に巻き込まれ、罪を着せられただけです。その男より私のほうが王位継承権は上なんです」

異母兄弟だからか、カミルとは全く似ていないわね。

気取って髪をかきあげる様子を見ると、自分が色男だと思っているんだろうな。

「あちらは？」

ようやく息を整えた青年を示す。

そっちは更に軽薄そうだ。

肩まで伸ばした髪と派手なアロハ。首と手首にジャラジャラとアクセサリーをつけている。

もうね、世界観ぶち壊しですよ。

しっかし不健康そうだなあ。目の下に隈が出来ていて、がりがりに痩せている。

「あれは気にしないでください」

「なっ！　妖精姫が俺のほうを気に入ったら、俺を王にするってボスマンは言ってたぞ」

「そんなことがあるわけないだろ」

たぶん、毒を盛られているんじゃないかな？

南島の貴族に誰も味方のいない第四王子なんて、邪魔なだけだもんね。

「妖精姫、ディアドラ嬢とお呼びしていいかな？　きみはまだ十一歳なんだってね。それなのに外交の道具に使うなんて、帝国はなんてひどいんだ」

元第三王子がなんか言い始めたぞ。

「大丈夫。きみはそんな生活を求めていないって、僕はわかっているよ。さあ、僕と一緒にこの国で生きよう。きみをこの国の王妃にしてあげる」

「私は王位継承者とは結婚しません」

「ああ、きみはきっと誤解しているんだ。帝国の皇太子は彼のために役に立つように、偉そうにきみに命令したんだろう？　あれをやれこれは駄目だとがんじがらめにしたんだ。でも平気だよ。ぼくはそんなことはしない。ベリサリオだってひどいじゃないか。きみに商会の仕事をさせるなんて。金儲けのために使うなんて、ね」

ああ、こいつアホだ。

あまりにアホすぎて、いっそすがすがしい。

「さあ姫、こちらにいらしてください。その男は生まれの卑しい男なんですよ。一緒にいても不幸になるだけです」

「兄を殺した男がよくもまあ、そんなことが言えるものだ」

「第二皇子を殺したのは僕じゃない」

「殺せと命じたんだろう」

視線で人が殺せるのなら、第三王子はすでに死んでいるだろう。

「おまえの話などどうでもいい。妖精姫、そのような者と一緒にいてはいけません。さあ、こちらへ」

差し出された手に視線を落とし、顎に手をやりながら空を見上げる。

「そういえば……」

もう敵は全て砂浜に降りてきている。

民間人を巻き込む危険はないわね。

「みんなが第三王子、第四王子って呼ぶから、あなた達の名前を知らないままだったわ」

「なっ……そ、そうでしたか。私は……」

「あらよろしいのよ。もうあなたとは二度と会うことはないのですもの。今更名前を聞いても無駄でしょう？　ね、モアナ」

『ゾルを殺したのはその者か』

背後で聞こえる波の音が、少し大きくなった気がした。

いつもの優しい声じゃない。

いっさいの感情が抜け落ちたかのような無表情で現れたモアナが、声にだけ全ての怒りを込めて呟いた声だった。

「……精霊王……なぜ……」

今日はモアナも、ルフタネンの民族衣装に近い服装だ。

濃い青のドレスの上に重ねた薄い水色の衣が風に揺れ、空中に浮かぶ彼女の足の下で、波が先程よりも幾分強く打ち寄せては引いていく。

いつもの陽気な表情が消えると、さすが精霊王、人間離れした美しさだ。

『なぜ？　おまえ達が妖精姫に近づくのを許すものか』

第三王子は怯えた表情でボスマン伯爵の背後に隠れ、第四王子は初めて精霊王を見たのか腰を抜かしている。

ふたりとも、よくそれで自分が国王に相応しいなんて言えるなあ。

「精霊王は人間社会には干渉してはいけないと聞き及んでおります。今の王太子は西島をないがしろにしている。私はそれを正そうとしているだけなんです。あの島は私の島だ」

『ほお？　西島がおまえの島？　それは知らなかったな』

モアナの隣に音もなく姿を現したのは、西島を担当する風の精霊王のマカニだ。

肩まで無造作に伸ばした髪は緑色で、長い前髪のせいで目が隠れて見えない。体にぴったりとした服の上に、トーガのように巻いた薄い布がひらひらと風に揺れている。

私の知っている精霊王達の中では、見た目がずいぶんと若い印象だけど、顔が半分隠れているから気のせいかもしれない。

「わ、私のというのはおこがましいかもしれませんが、我が家は先祖代々あの地を守ってきた家で……」

『先祖代々？　おまえの先祖が貴族になって百年くらい？　その前は何代まで遡れるの？　僕はルフタネンが建国されるずっと前から五百年以上守ってきているんだけど、いつの間にあの島はおまえの物になったのさ』

「し……かし、しかし私は！」

『おまえの島だというのなら、なぜニコデムスを引き入れた。守れなかったくせに、助けられたくせに、権利だけを主張するな。あの島は人間だけの物ではない』

ぐっと顎を引きボスマン伯爵は黙り込み、不意に私に視線を向けた。

「妖精姫が第三王子を選んで、西島の代表になるとおっしゃるかもしれません」

私の前に立ち、背後に私を隠していたカミルが、隣に移動していつの間にか私の肩に手を回し、絶対に渡さないと言いたげに抱き寄せた。

「精霊をモアナに取り上げられたやつをディアが選ぶわけがない！」

『ディア、第三王子を選ぶのか？』

「え？　いやよ。こんなアホ」

「な、なんでなんだ！　この僕が王妃にしてやると言っているんだぞ！」

言葉の通じない相手というのはどこにでもいるものだ。

でもここまでアホだと、それ以前の問題になってくる。

「ニコデムス教と組んで精霊を殺したあなたと私が協力する？　ありえないでしょ」

ふんと第三王子から顔を背けて横を向いた。

初対面だっていうのに、僕はきみのことをわかっているんだよって態度がまず嫌い。

さりげなく私の家族までディスってたでしょ。好きになる要素が全くない。

「ボスマン伯爵。あなたはニコデムス教を西島に引き入れたこの男と協力するのか？　それが西島のためだと本当に思っているのか！」

「うるさい！　うるさいうるさい！　北島のガキが偉そうに！　西島のことに口を挟むな！」

うわあ。まともな会話にならない。

大声を出して威嚇して、相手の話を抑え込むような男が、優秀な指導者になれるわけがない。

「でもその西島の人達が、あなたのやり方を迷惑だと言ってたわよ」

「なに！」

今まで女性は全員、ボスマン伯爵が睨みつけたら怖くて震えたんだろう。平気で暴力をふるいそうだから、対抗しようなんて考えられる人はいなかったんじゃないかな。

「いちいち声が大きいのは、もしかして耳がお悪いの？」

だから、にっこりと笑顔で答えてあげた。

「な……」

「あなたのような怒鳴れば誰でも言いなりになると思っている人と、協力するわけないでしょう？」

「きさま……」

「ボスマン伯爵、妖精姫にその態度はどうなんだ？」

カミルも全く怖がっていない。当然だよね。

私達の様子がよほど頭に来たんだろう。ボスマン伯爵はわなわなと震え出した。

高血圧だった場合、脳の血管が何本か切れそうな感じよ。

「だからさあ、薬を使って妖精姫を攫えばよかったのに～」

砂浜に手を突いて、よろめきながら立ち上がった第四王子がにやにやしながらこちらに近づいてきた。

「女なんてぇ、薬で動けなくさせてぇ、何発か殴れば何でも言うことを聞くよ？」

「馬鹿野郎、黙ってろ！」

「それか虫がうじゃうじゃいる地下牢にでも閉じ込めておけば……」

どんっと第三王子に突き飛ばされ砂浜に倒れ込んだまま、第四王子は高笑いを始めた。

「うははは！　見ろよ、精霊王だってよ。ゾルを殺したって手を出せなかったくせに、今頃現れたって遅いっつーの!!」

あー、やっぱり薬を盛られているわ。目の焦点が合っていない。

モアナは相変わらず無表情だけど、だいぶ怒っているんだろうな。

波が、サーファーが大喜びしそうな高さになってるよ。

「瑠璃、あの男、私を傷つけようとしたわ」

これ以上モアナを放っておくと自然災害になりそうだから、さっさと話を済ませてしまおう。

『ああ、聞いていた』

背後に瑠璃が現れると同時に、爽やかな香りがふわりと私達を包んだ。

「第三王子とボスマン伯爵っていう人も、あんなに大勢の男に私を追いかけさせたの。取り囲んで捕まえる気だったみたい。ものすごい顔で睨んできたのよ」

『それは怖かっただろう』

「ええ、すごく怖かったの」

『我らが後ろ盾になっている妖精姫を傷つけようとする者を、放置するわけにはいかんな』

声が平坦だなあ。

ちゃんと打ち合わせしたのに、瑠璃って演技下手ね。

『だがここはルフタネンだ。彼らはルフタネン人だ。モアナ、妖精姫を傷つけようとした者はルフタネンの精霊王がきっちりと始末してくれるんだろうな』

『まかせて。ルフタネンのために力を貸してくれた妖精姫に手を出そうとするなんて、絶対に許さないわ』

『ああ、俺達にまかせてくれ』

風が強まり、背後で波が大きな音と共に打ち付ける。

第四王子は狂ったように笑い続け、第三王子は怯えた顔で逃げ出そうと走り出した。

「きさまら！　最初からこれが狙いか！」

この状況でも怒鳴るのね。

もう何十年もそうして威嚇して周囲を黙らせてきたせいでそれ以外のやり方を知らないのかもしれない。

周囲はたまったもんじゃなかっただろうな。

「わざと第三王子を脱獄させたのか‼」

そうなの⁈

だとしたら、あの王太子やるな。

西島の問題は、ここで全部まとめてけりをつけようってことか。

「ぐわっ……」

ボスマン伯爵の絶叫が響くより早く、カミルが私の後頭部に手を当てて自分の肩に押し付けた。

「見るな」

「でも」

「ディアが、見る必要なんてない」

周囲の音も消えた。

たぶん精霊獣か瑠璃が私の周囲に結界を張ったんだろう。

すっかりみんなに守られて、私だけ何も見ないで何も聞かないでいいのかな。

この件にかかわった以上、ちゃんと見届けないといけないんじゃないのかな。

でもこれでトラウマになって眠れなくなったりしたら、うちの家族はカミルを許さないだろう。

この話を持ち込んだ瑠璃のことも責めるかもしれない。

それ以前に、瑠璃もカミルも責任を感じてくれちゃうだろう。

だからここはおとなしく、カミルの肩に額を押し付けてじっと……じっと……。

あれ？　今私、どういう体勢？

カミルの片手が私の肩を抱き寄せて、もう片方の手が私の後頭部に当てられているのよね。

もしかして私、しっかり抱きしめられてない?!

いやいやいや、非常事態だからしょうがないのよ。守ってくれてるだけだから。

でも、近い。

意識するとすっげえ近い。

ちらっと横を見たら、カミルの顔がすぐそこにあった。

厳しい顔でまっすぐに前を見る彼は、何を考えているんだろう。

小さな頃、遊んでくれた兄の面影だろうか。

顎の線が以前より少しがっしりして、首だって喉仏が……喉仏？　うわ、喉仏がある。

そんなの今まで気にしたことなかったのに、なんだろう。なんか……エロい……やらしい……。

わかってるよ。男に喉仏があるのは当たり前だし、隠さなきゃいけないようなもんじゃないよ。

エロいって感じた私のほうがおかしいの。

でも同人描く時に、男性キャラの顎や喉の線ってこだわりある人いるでしょ。そういうところに男を感じる人だっているはず！

私はそうじゃないけどね。

そうじゃないんだけど、男の子なんだって。異性なんだって。今更ながらに思ってしまった。

私はね、むしろ手が重要なのよ。指が長くて、節が太くて大きな手が男らしいと思うのよ。

べつにカミルの手がどんな手でも関係ないけど……って言いつつ、つい視線が。

うえっ?!　私の肩ってこんな細かったっけ？

さっき手をつないだときにも思ったけど、手の大きさが私と全然違う。この手なら、片手でバスケットボール掴めるんじゃない？

指が長くて節が太い。綺麗な貴族の手じゃなくて、剣を持つ戦う男の人の手だ。

やばい。これがつり橋効果？　心臓がバクバクしてきた。

バクバクしすぎて、口から出るどころか肋骨開いて飛び出してきそうな感じがする。駄目だそれじゃスプラッターだ。

それに、こんなこと考えている場面じゃないでしょ。

人が死んでんねんで！　ってどこの言葉よ。

落ち着けディアドラ。ここはクールにいこうじゃないか。

ぐいっと顔をあげて、カミルから一歩離れて瑠璃に近づいた。

ここでは瑠璃が保護者みたいなもんだし、万が一、ぶっ倒れた時には支えてもらうつもりでくるっと背後を振り返る。

「もう終わったよ」

カミルが言ったとおり、そこにはもう何もなかった。

ひっくり返ったまま高笑いしていた第四王子も、私の言葉にむっとして睨んでいた第三王子も、ボスマン伯爵も、私達を取り囲んでいた男達もひとり残らず、いなくなっていた。

……あっけない。

あまりにあっけなさすぎて、余計にこわい。

風が砂を巻き上げるから、足跡ひとつないんだよ。

「あ！　カミル、第三王子を倒したかったんじゃないの?!」

ここまで何も残ってないってことは、カミルは何もしなかったってことだよね。

私のこと抱きしめてたもんね。

「いいんだ。なにも自分の手で始末しなくてもかまわない。それより、ディアに怖い思いをさせたら、あとでクリスに何を言われるかわからないだろう？」

ぐはっ！　心臓にダメージ来るからやめてください。

カミルって、私に笑いかける時にそんなやさしい目をしてたっけ？

今まで私、何を見ていたんだろう。なんで気付かなかったんだろう。

「お嬢、大丈夫ですか？」

「……精霊王……やっぱりすごいですね」

すぐ横にブラッドとジェマが突然現れたので、うわっと驚いて顔をあげたら、彼らの後ろに蘇芳が立っていた。

「蘇芳も来てくれたの?!」

『当然。瑠璃ばかりに活躍させられるか』

『ふん。おとなしく留守番していればいいものを』

尊い。背筋が凍るという体験をしたばかりだから、ふたりが横に並んでいてくれるだけで癒されるよ。

ブラッドもジェマも私と違って目撃してしまっているはずだけど、さすが元冒険者と元軍人。顔色が若干悪いだけだ。

キースやファースも無事だったようで、すぐに集まってきた。

『モアナ、どうした?』

作戦が無事に終わり、ほっとした空気が漂い始めている人間達とは違い、モアナは肩を落として俯いて、ぼんやりと砂浜を見ている。モアナより背が低いマカニは、心配そうに顔を覗き込んでいた。

『何も変わらないのね』

ぽつりと呟かれた声は、聞き逃しそうなほど小さかった。

『彼らを倒しても、寂しいまま。悲しいまま。少しは気が晴れると思ったのに、何も変わらない。もっといたぶってから殺せばよかったの?』

『おい、精霊王が何を言っている』

『でも……』

『今回は俺達にも責任があるから仕方ないけど、おまえは人間に深入りしすぎだ。だからそうなるんだ』

そうか。人間に干渉してはいけない理由のひとつは、生きる時間の違いか。

親しくしても、相手はたかだか百年に満たない時間で死んでしまうもんね。

だとしても、暗いよ！

「なーに当たり前のことを言っているのよ」

腰に手を当て、モアナの前に立って見上げた。

「そんなの誰だってそうよ。むしろ、犯人をやっつけたから気分すっきり。もう悲しくも寂しくもないわなんて言われたら、第二王子……ゾル様がかわいそうよ」

『かわいそう？』

「賢王が死んだときだってみんな悲しくて、それで引き篭もっちゃったんでしょ？　今だって思い出話になっても寂しいことに変わりはないでしょ？」

『え？　じゃあこれからずっと悲しいままなの？』

親しい人との死に別れを経験したことのない精霊王にとっては、喪失感ってしんどいのかな。

精霊の森を壊された琥珀も、きっと初めて味わう喪失感で苦しんだんだろうな。

「人間の場合は、時間がたてば徐々に悲しみは薄れていくの。それでも時にはすっごく会いたくなっちゃったり、悲しくなっちゃったりするものよ。そういう時は思い切って泣いたほうがいいんじゃないのかしら」

『そうか。じゃあ泣く？』

マカニに首を傾げながら聞かれて、モアナはうっと息を呑みながら周囲を見回した。

注目の的よ。この場にいる全員、モアナを見ているよ。

瑠璃は心配そうだし、蘇芳はにやにやしてるわよ。

ここで泣けと言われても困るよな。

「モアナ、兄上の死を悲しんでくれるのは嬉しいけど、生きている兄上の心配をしてほしいな」

カミルが砂を踏みしめてモアナに近づいた。

「俺達兄弟もルフタネンも、これでようやく本当に前に向かって歩き出せる。それを精霊王には見守ってもらいたいんだ。それに今日は、王太子殿下の結婚式が行われているんだよ？」

『……あ』

ようやくモアナの表情が明るくなった。

『そうだったわ。ラデクがお嫁さんをもらうのよね。それは見に……行きたい……な？』

なんでそこで私を見るのかしら？

『王太子の結婚式だからな。精霊王が顔を出しても干渉しすぎではないだろう』

『そうそう。それに、無事に事が済んだことも報告したほうがいいんじゃないか？』

瑠璃とマカニまでこっちを見るのはなんなのかしら。

報告はカミルがすればいいとは思うけど、瑠璃達だって皇太子の成人式に顔を出したいもんね。

さすがに結婚式に顔を出すななんて言わないわよ。

「いいんじゃないかしら？　早く行かないと終わっちゃうわよ。カミル、あなたも急いで行きなさいよ」

「それはそうなんだけど、ディアはどうするんだ」

「瑠璃に迎賓館まで送ってもらうわよ」

『いっそ、ベリサリオに帰るか？』

『ディアの執事を迎えに行く必要があるだろう』

『いや、あっちには琥珀がいるぞ』

瑠璃と蘇芳で勝手に決めないで。

特に蘇芳は、ちゃんと翡翠に断って来たんでしょうね。黙って来たら、留守番になった翡翠が切れるわよ。

「きっとディアの両親も無事な顔を見たがるだろうし、南島に行くんだろう？　まだ帰らないよな」

カミルに勢い込んで言われて、思わず仰け反った。

ちょっと今、アップはやめてもらえないかな。だいぶ心臓が疲れているのよ。

「そうね。だから迎賓館に戻るってば」

「みんなにそう報告するからな」

「え、ええ」

「よし、行こう」

『またね、ディア』

『ありがとな』

カミル達がモアナとマカニと一緒に転移してしまうと、すっかり静かになっちゃって、まるで最初から何もなかったみたい。

ほんの何分かしかかかわらなかったけど、彼らには彼らの人生があって、彼らを愛した人だっていたかもしれない。

それが一瞬でなくなっちゃうのか。自業自得なんだけどさ。

砂浜の砂は穏やかに寄せて返す波に流されて、少しずつ海に還っていくんだろうか。

「なんてしんみりしているのは私らしくないわよ。私、たった今、おなかがすいていたことを思い出したわ」

くるりと後ろにいたブラッドとジェマを振り返ると、意外にもふたりは呆れた顔ではなく、心から同意して頷いていた。

「まったくですよ。私達は朝から何も食べていませんからね」

「お嬢は歩くの早すぎです。御令嬢が人混みをすいすいとすり抜けて、すたすた歩いちゃ駄目でしょう」

え？　駄目なの？

人混みをすり抜ける時はね、肩から入るのよ。すっと横向きになるのがコツよ。

「もうこんな仕事はごめんですよ。ディア様みたいにかわいい子が子供だけで歩いていたら、攫って行こうとする悪党だっているんですよ。どう見たってお金持ちのお嬢様なんですから、身代金だって取れると思うでしょう」

「まったくです。お嬢なら大丈夫とわかっていてもハラハラしました」

私を攫う？　チャレンジャーだな。

でも、そんなに心配させてたんだね。危ないことはしないようにしよう。

◆

式が終わった後に舞踏会があるので、両親に会うのは明日になるだろう。

私のほうは迎賓館に帰ってすぐ、留守番していたレックスとネリーに無事に依頼完了したことを伝えた。

やっぱり気を張っていたんだろうね。

ネリーなんて半泣きになって喜んでくれたよ。

少し早めの時間ではあるけど、おなかがすいていたので夕食の準備を頼み、さすがに疲れたから少し休むわと、部屋に戻った。

寝室にひとりで入って、閉めた扉に寄りかかり思わず大きく息を吐く。誰も怪我することなく、無事に終わってよかった。

ルフタネン側では、まだまだ処理しなくてはいけない問題があるんだろうけど、それは私が関与することじゃないもんね。あとは南島に観光に行くだけよ。

ようやくひとりになって気が抜けて、のろのろとベッドに近づいてぽふんと俯せにダイブした。

今日は、気持ちの浮き沈みが激しくて疲れた。

……沈んでいないか。浮きっぱなしか。

前世の年齢を合わせたらもうすっかりおばさんの私が、十三歳の男の子相手にドキドキしているっておかしいよね。おかしいけど、でもディアドラは十一歳なんだ。

ついついなんでも前世と比べたり、判断の基準にしたり、ずるずると引きずってしまって、気持ち的にも子供みたいにはしゃいだり怖いもの知らずな言動をする時と、慎重になって周囲の友人を子供として見ている時の両方がある。

一度死んで、別の人間として生まれたってこと、もっとちゃんと自覚しないといけないんじゃないかな。

そうじゃないと一生、心と体の年齢差に振り回されてしまいそう。

内面の私に合う年齢の男性は、お父様と同世代でしょ？

そういう結婚もあるよ。貴族社会では。

でもさ、ただでさえ寿命がそんなに長くはないこの世界で、旦那さんと歳の差があるってことは、先に旦那さんが死んでしまって残される時間が長いってことじゃん。

うわ。それはヤダ。

モアナに偉そうに言ったけど、残されるのはつらいわ。

じゃあ、ディアの年齢に合う相手っていったら、カミルくらいの年齢なのよ。

そう考えれば、あのくらいの年の子にときめくことが出来たのは、良かったんじゃないの？

まだ少年っていう年齢だけど、きっとこれからどんどん成長して、男性に変わっていくんだよ。

その狭間の年齢が魅力的だっていう人もいるよね。

私はどうなんだろう。

私は頭がいいわけじゃなくて、記憶があるせいで子供らしくなかっただけだ。

みんなの成長にちゃんと追いついていけるかな。

ちゃんと魅力的な女性になれるのかな。

『ディア、具合が悪いのか？』

『足がバタバタしてるぞ』

『回復するか？　浄化か？』

『ディア、どこか痛い？』

ふっと顔をあげたら、精霊獣に取り囲まれていた。

俯せのままじたばたしていたのを見られていたのか。恥ずかしい。

「どこも痛くないよ。ちょっと考え事」

カミルにもさ、打算があるのはわかってるよ。

国のためにも自分のためにも、妖精姫には価値があるんだろう。

言ってたもんね。よその国に行くならうちにしとけって。

私もさ、打算だらけではある。

条件があっているの、カミルしかいないし。

カミルなら私の置かれている立場がわかっているし、商会の仕事もやれて、ベリサリオにも帰りやすい。

それにさ、初めてなんだよ。もう前世のことも知られたから、お兄様達と同じように何も隠さないで話せて、でも女の子として扱ってくれて、口説いてきた男の子って。

ダグラスやジュードはお兄様達のお友達で、ヘンリーはエセルの弟で同級生。

お友達の男の子はたくさんいても、そこから踏み込んでくる子はいなかったんだもん。

……いなかったよね？

カミルが異性だと意識したのも今日だし、あんな甘い雰囲気で私を見ている時があったんだって知ったのも今日だ。今まで何を見てきたのか自信がなくなってきたぞ。

エピローグ

翌日、カミルは朝食を食べてすぐの時間に迎えに来た。

昼前からは王宮前の広場に集まった国民に、王太子と王太子妃が顔見せをすることになっている。

カミルもその場に顔を出さなくてはいけないので、この時間しか空いていないんだって。

昨日、あの後すぐにネリーが呼びに来て、私に礼を言うためにルフタネンの貴族と王太子が来ていることを告げられた。式と舞踏会の間には、着替えをして休憩を取るために時間があけられていたので、準備の早く済む男性陣が訪ねてきたのだ。

ホールで待っていたのは、それぞれの島の代表者やその関係者だったようで、私を取り囲んだおっさん達の平均年齢はだいぶ高かった。

私の無事を確認したくてお父様も同行していて、パウエル公爵は南方諸島や東の島国の人達と会談中だということだった。公爵ばかり仕事してない？

エリオットもサロモンも、若手はみんなお仕事中。

島の代表者だけは王太子と精霊王から事情を聞いていたので、どうしても私に感謝を伝えたかったらしい。

もうね、英雄を褒め称える人達みたいな感じよ。

プラスで可愛いとか聡明だとか、誉め言葉が並ぶ並ぶ。

それをにこにこと楽しそうに聞いている王太子は、

「いつでも遊びに来てね。カミルを帝国に留学させようかなとも思っているんだ」

カミルを全面的にバックアップして、私とくっつける気になったらしい。

今日だって忙しい日なのに、私の案内をカミルにさせようとしているしね。

畑の見学をするのにヒラヒラした服ではだめだろうと思って、今日の私はパニエをつけずに足首までの長さのスカートを着てブーツを履いている。薄手のブラウスの上に、こちらの女性たちのように大判のストールを羽織っているけど、布はさすがにパウエル公爵の領地で作られたシルクのストールよ。

今日は帝国の代表として来ていますよってわかる服装にしないと。

ルフタネンの服装をしてカミルと一緒にいたら、変な誤解をされそうじゃない？

カミルのほうは、帰ってすぐに行事に参加出来るように民族服だ。この照り付ける日差しの中、黒い長袖の服よ。ひとりだけ周囲から浮きまくってる。……似合うんだけどね。

「ようこそおいでくださいました」

南島の歓迎もすごかった。

私はチョコが作りたいからカカオを買っているだけなのに、そのおかげでお金が手にはいって生活が豊かになったって、今にも拝みそうな勢いよ。

代表になって挨拶してきた人はタチアナ様のお兄様で、南島の代表になっているハリアン侯爵だ。第四王子が第二王子を殺害した時に責任を感じて先代は引退し、跡を継いだ若い侯爵だ。

目のあたりがタチアナ様にそっくりの色男で、艶やかな黒髪を後ろに流している。

「侯爵がこちらにいてよろしいのですか？」

「転送陣で移動出来ますから大丈夫です。ベリサリオはお得意様ですから、是非ともご挨拶したいと思い、急ぎ戻ってきました」

「わざわざありがとうございます」

町中の人達が集まったんじゃないかってくらい、大人から子供までが大歓声で迎えてくれて、私がカミルやハリアン侯爵に案内されて移動すると、背後にぞろぞろついてくるのよ。

歓迎してくれるのは嬉しい。本当に嬉しいの。

でも、気にしないで祭りを続けてくれたほうが私としてはありがたいんだけどな。

南島と北島はかなり南北に離れているから、気温がまるで違うのよ。

あっつい。

精霊がいなかったら、冷房を抱えて歩きたくなる暑さよ。日差しが痛いんだもん。

南島の人は北島の人より肌の色が黒くて、褐色に近い人も多かった。

自然が豊かなおかげか精霊のいる人がほとんどで、暑さは苦にしていないけど風通しのいい服装が多く、男性はアロハを着ている人ばかりだった。

カカオの木は人間の背丈より大きいから、畑に近づくと全体を見渡せないので、まずは働いている人達の様子を見せてもらってから、丘の上にある建物の上階から一帯を眺めることになった。

畑での労働ってどんな感じだろうって、ちょっと心配していたのよ。

貧しい国では子供も労働力だし、この世界って貴族と平民で待遇が段違いだから、強制労働なんてさせられていたらどうしようかなんて、ルフタネンの人達にはちょっと失礼な心配もしていたの。

だけど、そんなことは全くなかったよ。

畑のすぐ近くに新しい町が出来ていて、労働者のほとんどが、その町の新しい家に住んでいた。

ずらりと並んでいる家はどれも同じ作りで、豪華とはとても言えない小さな平屋だ。道路も都会とは違って地面を平らに踏み固めただけで、レンガが敷き詰められたりはしていない。それでも、どの家も家族四人くらいで住んで子供部屋を作る余裕はある広さだし、今も下水道の工事が着々と進んでいた。

私、そんなに金をばら撒いたっけ？　カカオの買い占めはしたけど、いくらなんでもこんなには。

「南島の貴族達が、島の主産業に育てるために投資したんですよ。生活環境がよくなれば、体調もよくなり仕事もはかどりますから。もともと我々ルフタネン人は、のんびり暮らす民族ですしね」

「素晴らしいですわ」

働いている人達の笑顔は、底抜けに明るかった。

みんなが仕事につけて、新しい家を持てて、ちゃんと毎月給料がもらえる。

第四王子のせいで肩身の狭い思いをして、王太子から南島は憎まれているんではないかと不安だったのが、島の御令嬢が王太子妃になって、いずれは王妃だ。

第四王子にはこのまま行方不明でいてほしいと、ぼそりと小声で呟いた人がいて、周囲が慌てて話をそらしていたけど、おそらくそれが皆の本音なんだろう。

「タチアナに聞きました。妖精姫は南島のことをいろいろと考えてくださっているそうで、いずれはここでもチョコを作れるようにする計画がおありだとか」

「ええっと、まずはカカオの生産の増加が先ですね。一度にいろいろと行うのはリスクも高いですから」

「そうですね。ぜひカミル様とまた南島に来てください。今度はゆっくりしていただきたいです」

カミルと？

「我が国もこれで安心です。王太子殿下が来年即位され、カミル様も妖精姫という婚約者が……」

「待て。なんでそんな話になっているんだ？」

慌ててカミルがハリアン侯爵の話を遮った。

やっぱりそういう話になるかあ。

ずっと一緒に行動していたし、仲がいいと思われても仕方ないよなあ。

「え？　違うのですか？」

「まだそういう具体的な話は出ていないんだ。帝国では成人しないと婚約出来ない決まりなんだよ」

まだって、いずれは婚約すると決まっているような言い方をしないで。

「カミル」

「妖精姫は各国から縁組の話が来ているからね。俺と婚約してくれるかどうかは、まだわからないんだよ」

「そう……なんですか」

やめてー。急にみんなしてがっかりしないでー。

「フェアリー商会と南島のお付き合いはこれからもっと続いていくんですから、今後のカカオ生産やチョコについては、協力してやっていきましょう」

「はい。お願いします」

「まずはカカオの生産量を三倍にしてほしいです」

「三倍⁉」

話を聞いていた人達から歓声があがった。

もっと売れれば、もっと儲かると喜んでくれているようだけど、経営をちゃんとしないと仕事が大変になるわよ。

「公爵、応援するので頑張って口説いてくださいね」

「無茶を言うなよ」

あれ？　この間まで強気で立候補していたのに、今日は態度が違うのね。

そういえば、まだそういう話じゃないとはっきり言ってくれたし、他所からの縁組があるなんて言って誤魔化してもくれた。

カミルとしても周囲の期待が負担になっているのかも。

縁組はどこからもないけどね！

「うわーー、畑、広いのね」

畑で働く人達に土産で持ってきたチョコを手渡してから、一足早く東島に戻るハリアン侯爵を見送り、私達は丘の上に建つ建物に移動した。

ここがハリアン侯爵の屋敷で、タチアナ様の御実家なんだって。

四階に上がって案内された部屋の扉を開けると、正面の壁はほとんど開口部になっていて、広いバルコニーに繋がっていた。

丘の上の建物の最上階だから、まず空が見えた。空しか見えなかった。

バルコニーに近づくにつれて徐々に視界が広がり、遠くの山が見えて、カカオ畑が広大な土地に広がっているのが見えてきた。

新しく広げられたカカオ畑は、賽の目に通路が走り整備されていて、以前からあるカカオ畑との違いが一目でわかる。

「すご……ぶはっ」

雄大な景色に暫く見とれていたいところなんだけど、風が強いのよ、ここ。

周囲に遮るものがないから、風がバルコニー部分から吹き込んで反対側に抜けていくの。

ぶわっと煽られて、よろよろと一歩下がってしまったし、おでこは全開。ネリーにセットしてもらった髪が一瞬でぐしゃぐしゃになった。

「そうなんだよな。だからこの部屋は風のない日しか使えないらしい。普段は二階のバルコニーを使っているそうだ。でもいい景色だろ?」

そうね。でもなんでカミルはおでこ全開になっていないの？

向きか。真正面から風を受けた私が悪いのか。

乱れた前髪を直すカミルの仕草は格好いいけど、前髪が全部上に向いてしまった私は、せっせと髪を押さえるしかなくて情けないわよ。

「なあ、ディア」

「んん?」

「すっかり兄上は、俺とディアの縁談を進める気でいるようなんだけど、ディアはどうなんだ？誰かほかにいいなと思うやつがいたりするのか?」

おおお。急にそういう話?!

ああ、気付いたらふたりだけになっていた。

みんな遠慮して部屋の中で待っていて、バルコニーには誰もいない。

ブラッドなんてジェマにがっちりホールドされているわ。

「えーーっと。十五までに決めればいいから急いではいないかな?」

「答えになってない」

ですよねー。

「ほかにって言われても、他国の人達にはまだ会っていないし。……でも、帝国にはいないかな」

「いないのか」

「さっきも言ったけど、まだ縁組の話は早いのよ。あなたもさっきハリアン侯爵に話していたじゃない。帝国では十五にならないと婚約出来ないの」

「でも発表しないだけで、家同士で約束を取り交わしているんだろ?」

「ま、まあ……近い」

話をしながら、こっちに来んな!

昨日の今日で、まだ心の整理がついていないんだってば。

せっかくさっきまでお仕事モードだったのにー。

「じゃあ、今のところは俺だけが候補者ってことだよな」

「それはそうだけど、カミルってさ……その……国のために私と結婚したいわけでしょ?」

「……は？」

「商会の仕事は続ける気でいるから、無理に……」

「待った。たんま。えええ？　そこから伝わっていないのか?!」

「え？　だって……好きって言われてないし」

「うっ……」

うわーーー、やめろ。目元を赤らめるな！

なんだこの沈黙は！　恥ずかしいから、黙っているほうがつらいから。今の会話を思い出すだけで顔が熱くなるから！

なんで余計なことを言っちゃったんだろう。私ってば乙女か!!

「確かに最初は、ほかの国に妖精姫を取られるくらいならルフタネンにって思ってた」

「そうよね。そう言っていたもんね」

「でも、その後話す機会がいろいろあって、この何日かはずっと一緒にいただろう？」

「……う、うん。そうね」

「やっぱりきみと一緒にいるのは楽しかった」

「え？」

「きみは特別だって思えた。俺は……」

「ま、待て待て待て」

「なんで耳を塞ぐんだよ。逃げるな」

「うわーーー、なんだこれはーー」

「ディアが言わせてるんだろう」

「すみませんでした。私が悪かったです。許して」

「……顔、真っ赤だ」

ぎゃーーー！　どうしよう。空気が甘い気がするーーー。

やばい。顔が熱い。

「ディアはどうなんだよ。少しは脈があるんだろうな」

「ぶえ」

「その声は何？」

笑うな。必死なんだよこっちは。

「そ、そりゃ条件はいいし、話しやすいとは……」

「条件の話じゃねえし」

「そうだけど大切でしょ。この世界は男社会で当主の命令が絶対なんだから。カミルは私の意見も尊重してくれるし、一緒に仕事も出来る。対等の立場に立ってくれるって貴重だわ」

よし、落ち着いてきたぞ。

「対等？」

「うん。夫婦として一緒に人生を歩むのに、私はどちらかがどちらかのために生きるんじゃなくて、対等に生きていける関係がいいの」

「……妖精姫と対等か」

「カミル？」

どうしたんだろう。腕を組んで真剣な顔で考え込んでしまった。

「確かに今のままじゃ、他国が今後も横槍を入れてくるだろうな。特にベジャイアとシュタルクはうるさそうだ。……よし。時間はかかりそうだが仕方ない。ディア、約束してくれないか？」

「なにを？」

「きみと対等になれるように俺は頑張るから、出来れば時間をくれると嬉しい。待っていてほしい。でもその間に誰か好きな奴が出来たら、付き合う前に俺に教えてくれ」

好きな人……たぶん、一番好きになる確率が高いのは、目の前にいる人だと思うんだけど。

カミル以上に、いいと思える人って今後現れるのかな。

「それはいいけど、何を頑張るの？」

「今は言えない」

「その結果が出るまで、もう会わないとかそういう話？」

「え？」

「え？」

「なんでだよ。今でさえ、帝国の連中とハンデがあるのに、会えなくなるなんて冗談じゃないぞ」

ハンデ？

転送陣を使うか転移してくるかの違いだけしかないんじゃないかな？

え？　じゃあ今のはどういう話？

「ディア、おでこ出てる」

「うぎゃー。そういうのは見ない振りをすればいいの！」

「なんで？　おでこ可愛い」

こいつ、そういうことをさらっと真顔で言うな！

「なんか……」

「なによ」

「今までと反応が違うな。ようやく少しは意識してくれた？」

ば、ばれてる？

「と、ともかくよくわからないけど、好きな人が出来たら知らせればいいのね」

「おい、ちゃんと話を聞けよ」

そう言ってたじゃん。目つき悪いよ。

ただのシスコンではない

―クリス視点―

会合が終わってすぐ、説明しろとアンディに言われ、家族と別れて皇宮に残った。

他の貴族も同席だったら、ベリサリオの内政に口を出すなと文句を言って帰ろうと思っていたのに、アンディの他にはギルとエルトンしか同席していない。

こういうところ、そつがない。

パウエル公爵や側近共のように、この方こそが次期皇帝に相応しい、類《たぐい》まれな存在だとは思いやしないけど、いい皇帝になるとは思うよ。優秀で、時には冷酷にもなれるのに、基本甘くて誰からも好かれている。

すぐに身構えられてしまう僕とは対称的だ。

通されたのは執務室ではなくて、こぢんまりとした皇太子用の居室のひとつだ。

客室に通されるより、親しいと示してくれているとか信頼されているとか喜ぶ場面なんだろうか。

転送の間からどんどん離れて歩く距離が長くなるから、その辺の部屋でさっさと話をしてくれていいのに。

「ベリサリオはカミルをディアの相手に決めたのか？」

「決めてないよ」

「……」

なんだよ、この空気。

もしかしてこれで話は終わりか？

ここまで歩いてきた時間を返せ。

「いやでもさっき、カミルが立候補したって言ってましたよね？」

意気込んでエルトンが聞いてきた。

付き合いが長い分、僕の態度に慣れていて立ち直りが早い。

「立候補はしたらしいよ。ディアに直接。でもルフタネンからベリサリオに正式な打診があったわけじゃない」

「ディアはなんて？」

「本人に聞きなよ。そんな個人的なことを、僕は知らないよ」

「そんなにカミルとベリサリオ辺境伯家が親しくなっているとは知りませんでした」

「おや、エルダはきみに報告しないのか」

なぜエルトンに教えてやらないといけないんだ。

おまえはもうブリス伯爵家の人間じゃない。男爵として独り立ちし、中央の貴族になったんだ。

それ以前に、皇太子の側近に馬鹿正直に情報を流してやる気はない。

「妹は知っていたんですか？」

「だからさ、僕は知らないよ。去年の末からルフタネン一行がベリサリオにいた時、僕はここできみ達と一緒に仕事をしていたんだよ？　僕が聞きたいよ」

　ったくむかつくカミルの野郎。母上まで味方につけやがった。

近衛騎士団の演習にアランを行かせたのが間違いだった。せめてあいつがベリサリオに残っていれば……。

「クリス、真面目に答えてくれないか。ディアは彼を選ぶ気なのか？」

「真面目に答えているよ。僕は知らない」

「それでいいのか」

椅子に座っているのは僕とアンディだけ。

ギルは憮然とした顔でアンディの斜め後ろに立ち、エルトンは僕とアンディの間、テーブルの横に立っている。

どう見ても一対三の状況だ。

それを気にして精霊獣達が小型化してテーブルの上でアンディや側近ふたりを睨んでいる。

ただ、子猫の姿だから癒しにしかならない。

「いいも悪いも選ぶのはディアだ。妖精姫が選んで決めたら、誰も文句はつけられないだろう」

「カミルを選んだら、妖精姫が帝国を去ることになる」

「そうだね」

「ベリサリオからも離れてしまうぞ」

転移魔法を使えるのに、距離に何の意味があるんだよ。

会いに行きたくなった時にいつでも飛んでいけるように、今うちの家族は母上とディアに転移魔法を教えてもらっている。

ディアの場合、教えてくれているつもりでもまったくわからないけどね。

実際は精霊獣が精霊獣に教えるんだけど、空間を切り裂くあのやり方を、僕達にも覚えさせようと必死になっているディアは可愛い。

ただあれは、普通の人間には無理だ。

「たとえそうだとしても、僕は兄として、ディアの幸せを一番に願うよ」

どうせ商会の仕事があるから、カミルは今でも月に何度かベリサリオに来ている。なんなら、こっちにも新居を作ったっていい。

カミルのためじゃないぞ、ディアのためだ。

ルフタネンに行くなんてことになるなら、レックスとネリーだけじゃなくて他にも何人かベリサリオの者を連れて行かせよう。護衛も何人か付けてもいいかもしれない。一個小隊くらいはつけてもいいんじゃないか？

「本気で言っているのか？」

「じゃあ、誰が相手ならきみは納得するんだよ。帝国にカミルよりましな奴がいるなら教えてくれ」

「クリス、いくらなんでも失礼だ」

「いいんだギル。私はクリスの本音が聞きたいんだ」

本音なんて言うか馬鹿。

おまえは次期皇帝で、僕は次期辺境伯だ。

ベリサリオは今でも、いつでも独立出来るように態勢を整えている。

帝国に所属していたほうがベリサリオのためになるのなら、いくらだって皇族に頭を下げて命令を聞こう。

だけど、今度また中央でくだらない権力争いや権力の私有化をしやがったら、他の辺境伯も巻き込んで独立してやるからな。二度は助けない。

「ダグラスはどうだ？　ヘンリーもいる」

「この期に及んでまだ、全属性の精霊すら持てていない阿呆は話にならない」

「それは……まあ確かに」

「それにあいつらは、ディアをちょっと変わっているけど、付き合いやすい可愛い子くらいにしか思っていない。彼女の異常さもこわさも才能も、何も理解していないで守れるわけがない」

「カミルはわかっているのか」

「ルフタネンの精霊王絡みの話の時に、彼はその場にいたからな」

「……なるほど」

腕を組んで天井を見上げたアンディの口元が、微かに笑っているように見えたのは気のせいだろうか。

カミルは何日か皇宮に宿泊していた。アンディと話をする機会もあっただろう。

僕の知らないところで、ふたりの間で何か話が進んでいる可能性もあるのか？

……僕だって、出来ればディアを帝国内のやつと結婚させたい。

他国の精霊王までぞろぞろと顔を出すまでは、いずれダグラスあたりとの婚約が決まるんだろうと思っていた。

あそこは領地の場所もいい。

カーライル侯爵は優秀だが野心がなく、領地は昔ながらの経営を続けている。

ディアがあそこで好きに動いたら、本人にその気がなくても実質は彼女が領地経営を牛耳ることになるだろう。

でも予想していたよりずっと、カーライル侯爵は保守的だった。

いや、帝国貴族のほとんどが、今は保守的になっている。

精霊王が現れて、どこも領地経営がうまくいき、国がまとまっていい雰囲気なんだ。わざわざ妖精姫という劇薬を自分の家に招き入れたいとは思わないんだ。

「あいつらはいいやつだが、苦労知らずだし年相応の考え方しか出来ない子供だ。あのバントック派の毒殺事件のあった日、ふたりともあの場にいなかったんだよ？」

「それは危険だから次期当主を参加させなかったのでは？」

「危険？　第二皇子の誕生日の茶会がか？　エルトン、それは毒殺事件が起こった後だから言える理由だ。それとも彼らは、あの日あそこで殺人が行われると知っていたのかい？」

「そちらではなく、皇帝と将軍を捕らえるというほうが……」

エルトンは言いにくそうに言葉を濁し、ちらっとアンディの顔色を窺った。

「なるほど確かにな」

もちろんそんなことでアンディが感情を表に出すわけがない。

平然と頷く様子にエルトンはほっとしたようだが、その意見は甘い。

「野心があれば、あるいは先を見通す目があれば、あそこに嫡男を参加させたほうが得だとわかったはずだ。現に、ノーランドとコルケットの代替わりが揉め事なく終わったのは、次期当主があの場にいた実績があったからだ。デリックはグッドフォロー公爵家の三男でありながら、全公爵家と辺境伯家に可愛がられ、長男よりいい仕事についている」

あの日、まだ成人もしていない子供の側に立った者達を、皇太子はずっと重用するだろう。

彼はまだ十五だぞ。

彼が皇帝になり、子供に跡を継がせるまで何十年だ？

あの時、あの場にいたかいなかったかが、どれだけ大きなことか。

「いやでもあの時彼らは、まだ六歳と七歳ですよ」

「忘れたのかい、ギル。あの時、女性陣は参加していたんだよ。モニカもスザンナもパティもイレーネもだ。ディアもパティも六歳だったよ」

「……そうでした」

あれから五年。ダグラスもヘンリーもジュードだって、まだディアの仲のいいお友達のままだ。

男として意識されてもいない。

いや、ちゃんと友達として認識されているかも怪しいぞ。アランの友達だと思われているのかもしれない。

「もうひとつ。これが重要なんだけど、カミルに帝国のやつが勝てない理由がある」

「ほう……」

「個人的に精霊王に非常に好かれている。あんなに全属性の精霊王と親しいのは、帝国では僕とアランくらいだろう」

「そうだったな」

背凭れに背を預けて天井を見上げたままアンディが答えた。

「百年くらい前に精霊王が後ろ盾になった賢王の子孫でしたか。特にモアナ様は、ずいぶんと公爵を気に入っている様子でしたね」

エルトンはテーブルに手をついてうなだれている。

そうなんだよ。あの野郎、なにげに条件を全部綺麗にクリアしているんだよ。

だから文句のつけようがない。

でもむかつく。

僕の妹が、あんな目つきの悪い異国の男に取られるなんてありえない。

今ならまだ間に合うんだ。誰かいないのか！

相手が誰でもむかつくんだけどな！

「納得してもらえたかな？」

「ああ、おまえがどう考えているか知ることが出来てよかった」

ようやくこちらを見た顔は、気落ちしている側近達とは違って平然としていた。

つまりこいつが知りたかったのは、ディアの置かれた状況でもカミルの考えでもなくて、それをベリサリオと僕がどう受け止めているかだったのか。

「……だったら僕はベリサリオに戻るよ。ディアを見送りたいし、注意事項をきっちりと伝えておかなくては」

「気を付けてと伝えてくれ」

声も普段どおり。

ダグラスの名を出したからディアを他国に嫁がせたくはないのかと思っていたが、どうやらそうでもないらしい。

まさか、ディアを脅威と思っているんじゃないだろうな。

……気に入らない。

「そういえば……」

足を止めて振り返った途端、エルトンとギルが身構えた。

ふたりににっこりと笑いかけてから、嫌そうに少しだけ顔をあげた皇太子を見下ろす。

「婚約者決定はいつ頃にするつもりなんだ？」

「なんだ急に。まだ発表したばかりだろう。少しは考える時間をくれ」

「考える？　何を？　まさかディアの言葉を真に受けて、恋愛感情をどちらかに持てるまで選ばないなんて言わないよな？」

眉を顰めて身を起こした皇太子は、探るように僕の顔を眺めている。

少々彼が疲れた顔をしているのは、今日のことがあったからばかりじゃない。

毎日、休む暇がないほど仕事に追われて、婚約のことまで頭が回らないんだろう。

学園に通い寮に泊まりながら仕事をするなんて、無茶なことをしていたからだ。

「きみはまだ、どちらがいいか決められない。モニカはきみに惚れている」

「え？」

「ノーランドとオルランディ。どちらを選んだら丸く収まるか。ちょっと考えれば答えは出るだろう。だからスザンナにベリサリオに来てもらうよ」

「なんだと！」

「クリス、いくらなんでもきみが決めることじゃない！」

文句を言う側近とは違い、皇太子は冷静だ。

じっと僕の顔を見上げてから、どさりと背凭れに寄りかかった。

「まさかとは思うが、スザンナに惚れているのか？」

「惚れているかどうかは置いておいて。もともと僕は最初から、スザンナに決めていたよ」

「いつから?!」

「いつだったかな。三年前？　四年前かな。ディアはいつも予想外のことを言い出して、僕を驚かせてくれるけど、結果的には僕の望む方向に事態を動かしてくれる。実に優秀で聡明な妹だ」

「偶然だろ。それか本能だ」

「決定は半年後ぐらいがちょうどいいかな？　じゃあ今度こそ僕は行くよ」

「もし僕がスザンナを選んだらどうする」

歩き出した僕に、今度は皇太子のほうから声をかけてきた。

「べつにかまわないよ。ただ四人とも心にずっとしこりを残すだけだ」

「四人とも？　スザンナはお前が好きなのか？」

「さあ知らない。ただ、彼女はモニカがきみに惚れていることを知っている」

「ああ……なるほど」

四人ともっていうところは否定しないのか。

きみも心にしこりを残すんだ。

次期皇帝なんだ。好きに決めればいいものを、ディアに恋愛がどうこう言われて悩んで、今度は僕に言われた言葉に悩んで、きっとモニカを選ぶんだろう。

甘いなあ。

でもだから、ベリサリオはきみにつく。

きみが今のきみである限り。

「ああそうだ」

「まだあるのか」

扉を開きかけた手を止めて呟いたら、心底嫌そうな声で言われた。

側近達はもう、身構える気力もなくしたようだ。

困るなあ。これから一緒に仕事をする仲間なのに。

「うちとノーランドに、そろそろヨハネス侯爵家と仲直りするように言ったらどうだい？　噂が大きくなっているし、この機を利用してヨハネス侯爵家を取り込もうとしている貴族もいるようだ。

ノーランドとヨハネスに感謝され、ノーランドとベリサリオは皇太子の言葉には従うと示すことも出来る。悪い話じゃないだろ？」

「……助言痛み入る」

「どういたしまして」

ヨハネス侯爵家はどうでもいいんだけど、カーラがかわいそうだとディアが心配しているからね。

ディアがベリサリオに帰ってくるまでに、丸く収めておこうかな。

特別な女の子

―カミル視点―

書き下ろし
番外編

ルフタネンの民が、どれほど妖精姫に感謝していて、どれほど来訪を喜んでいるか、歓声に驚いている様子を見る限り、ディアは全くわかっていないようだ。

自分は言い出しただけでたいしたことはしていないと、いつも彼女は言うけれど、周りを動かすのも才能だ。最初のアイデアがなければ何も始まらない。

カカオをベリサリオに持ち込み、自分が王弟だと明かしたあの日、精霊王を動かしてくれたのは間違いなくディアで、そのおかげで負の連鎖が止まり、ようやくルフタネンはいい方向へと歩み出すことが出来た。

だからもうディアには負担をかけたくないと言ったのに、モアナは瑠璃様に協力を頼んでしまった。

確かにディアは強い。彼女の精霊獣だって強いし、瑠璃様が守ると言ってくれているんだから心配はないのかもしれない。

でも本当か？

精霊王は人間の、まだ十一歳の女の子の心がどれほど繊細かわかっているのか？

子供の頃に第三王子の手の者に襲われてからしばらく、血まみれで倒れていたメイド長の夢を何度も見た。

ああしていれば、こうしていれば、もしかして彼女は死なずに済んだのかもと、何年も何年もふと考えてしまう時があった。

子供だった自分には何も出来なかったと考えられるようになってからは、あまりその夢は見なくなったが、二度と後悔しないためにも早く大人になりたかった。

でもどう頑張ったって、大人の男の体と子供の体は違う。骨格も筋肉も、鍛えれば鍛えるほど年齢という壁にぶち当たる。

そんな想いをディアもすることになるんじゃないのか？

帝国の精霊王のためならまだしも、ルフタネンの精霊王のためにそこまでしてもらうのは違うんじゃないか？

買い物をして、美味しい物を食べて、楽しい旅だったと思って帰ってもらえばいいんだ。

第三王子は俺を殺したいんだから、囮には俺がなればいい。


一日目の予定は夕食会だけだ。

ルフタネン風にアレンジしたドレスを着たディアは、いつにも増して可愛かった。

ディアがルフタネンにいて、自分の国のイメージのドレスを着ているのは、少しくすぐったくて不思議な気分だ。

「では、明日はこの順番に回るんだな」

成人していない俺は途中で退席することになったので、翌日の準備のために自分の屋敷に戻った。

フェアリーカフェを建てる土地を決めるというのが、ディアがルフタネンを訪問する理由になっている。

まさか本当に北島にカフェを作る気があると思っていなかったので、物件を見たいと言われた時はだいぶ驚いた。

「あの屋敷もご覧いただくんですか？」

「いちおうな。明日はまだいいが、問題は明後日からだ。キース、土産を選ぶ店は本当にここでいいのか？　これは大人の女性が選ぶ店じゃないか？」

「俺に聞かれても……」

タチアナ様はこれで大丈夫だと言っていたけど、十一歳の女の子がショールなんて買うんだろうか。可愛いアクセサリーやルフタネン風の人形のほうがいいんじゃないか？

だが悲しいことに、俺の周囲に相談する相手はタチアナ様しかいない。

屋敷で女性も働いてはいるけど、妖精姫が喜びそうなものは何かと聞かれてわかる子はいなかった。

「ディアは特別視されすぎていて、普通に買い物をするのかと驚かれたからな」

「どんな生活をしていると思われているんだろうな」

精霊獣みたいに魔力を栄養にしているとでも思われているのかもな。

まさか大口を開けて、肉を頬張るような子だとは誰も思わないんだろう。

あの顔はずるいよな。放っておけなくて何かしてあげたくなる顔だ。だから彼女の周りには過保護な大人が多いんだ。

「失礼します。カミル様！」

突然扉が勢い良く開いて、エドガーが飛び込んできた。

「王太子殿下がおいでになっております！」

「はあ?!」

「転移魔法で、おひとりで！」

「うわあー」

キースが力の抜けた声を出しながら、額に手を当てて天井を見上げた。

「ひとり?!　警護は？」

「おひとりで……って、あちらでお待ちくださいと……」

「かまわないだろう？　それとも私にばれたらまずいことでもしてるの？」

兄上は慌てて止めようとするエドガーの横をすり抜け、部屋に顔だけ覗かせて、俺が仕事をしているのに気付いて目を見開いた。

「こんな時間にまだ仕事?!　そんなに忙しいのかい？」

「明日の予定を確認していただけです。エドガー、大丈夫だ。戻っていいよ」

エドガーはほっとした顔でさっさと部屋を出て行った。

俺もいまだに公爵として扱われるのに慣れていないが、子供の頃から仕えてくれていたメンバーはもっと戸惑いがあるようだ。特に王太子を始めとして国の重鎮に接する必要がある時は緊張してしまうようだ。爵位を与えられても、すぐに馴染めるわけじゃないよな。

「警護もつけないで何をしているんですか。ちゃんとここに来ることは連絡してきたんでしょうね」

「タチアナに話して来たから大丈夫だ」

得意げに言うけど、全然大丈夫じゃない。夕食会の時の衣装のままで、微かに酒の匂いがする。

「兄上はタチアナ様に甘えすぎじゃないですか？　大事にしないと、あんなに素敵な方は二度と現れませんよ」

「大事にしているよ。最初は政略結婚だったけど、お互いに一目ぼれしたんだから。でも今は私の話はいいんだ。カミル、ここに座って」

兄上はキースに退出するように命じ、ソファーに腰を下ろして、自分のすぐ横の座面をぺしぺしと叩いた。

部屋を出て行く時ちらっとこちらを見ていたから、キースがエリオットに連絡してくれるかもしれない。

というか連絡してくれ。客人がいる時に結婚を控えた王太子が行方不明で大騒ぎになんてなったら、タチアナ様に申し訳ない。

「何かまずいことでも起きましたか？」

「妖精姫と随分と仲がよさそうだね？」

言われたとおり隣に腰を下ろした途端、両手で肩をがしっと掴まれた。

やばい。実際にディアに会ってからのほうがいいだろうと思って、立候補したことをまだ兄上に話していなかった。

「連絡が遅くなってすみません」

「ん？」

「ディアの結婚相手として立候補したんです」

「え？」

「あちらの家族はみなさんご存知です。新年の祝賀会でずっと妖精姫とふたりでいたため、帝国ではふたりの仲が噂になっているようですし、皇太子殿下も知っていますす」

「えええええーー!! 聞いてないよ。どういうことだよ。結婚?!」

酒が入っているところに、衝撃が大きすぎたかもしれない。こんな大声だと、人払いした意味がない。

公務中は弟の俺でも時折近寄りがたいと思うような威厳ある態度を取れるのに、普段は妙に子供じみた態度になることがある。

信頼している近しい人にしか見せない顔だし、兄上がこういう態度を見せられるほど王宮の中が平和になってきたんだと嬉しくもあるけど、帝国の客人がいる今はやばい。

「なんで私に相談もなく決めちゃったの?! 妖精姫の相手になるなんて知られたら、また命を狙われるかもしれないんだよ」

「大丈夫ですよ。精霊獣がいます」

一番の問題はやっぱりそこか。

ようやく命を狙われる心配がなくなりそうだというのに、また危険に巻き込まれるようなことをしてほしくないんだろう。

「だけど、ベジャイアやシュタルクが妖精姫を自国に引き入れようとしているんですよ」

「あんな国にほいほい行くほど妖精姫は馬鹿じゃないでしょ。あの子は普通の女の子とは違うんだよ。よっぽどの覚悟を決めないと」

「違うのはわかっています」

「いや、わかっていない」

「兄上？」

酔っているところに俺が勝手に立候補したと聞いて、感情的になって押しかけて来たと思っていたのに、向かい合って近くから見た兄上の瞳は、意外なほど真剣だ。

よく考えれば、帝国からの客人相手に酔うほど酒を飲むはずがない。

「……何かあるんですか？」

「……」

「俺の知らないことが何かあるんですよね。反対するのなら、説明してください」

俺の肩を掴んでいた腕から力が抜け、だらんと腕を下に降ろして暫く俯いたあと、兄上は意を決したように顔をあげて話し始めた。

「……これは、代々国王になる者にのみ知らされる話だ。でも、こうなったら話しておいたほうがいいと思う。信じられないような内容かもしれないが絶対に誰にも話してはいけない」

「はい」

「妖精姫と同じく精霊王を後ろ盾に持つ王が、我がルフタネンにもいたことは知っているね」

「賢王ですね」

「そうだ。浄化魔法を使用して水を綺麗にしたり、下水道を完備したり、我が国の衛生面を向上させた国王だ。その偉業を称えて賢王と呼ばれている」

子供でも知っている話だ。

英雄として物語にもなっている。

「だが実は賢王は、それほど頭のいい人ではなかったそうだ。政治には疎く、興味のあること以外は全く学ばなかった。ただ人たらしでね、彼の豊かな発想に惚れこんで、多くの優秀な人材が集まり彼を支えたんだ」

興味のあること以外疎い。

豊かな発想。

ディアと共通点が多いんだな。

「そんな彼がなぜ、現在とほぼ変わらない衛生環境の整った街づくりを出来たかというと、彼には異世界の知識があったんだ」

「……は？」

「信じられないだろう？　賢王は異世界の記憶を持ったままこの世界に転生してきた人だったんだそうだ。そのため幼少の頃から大人びていて、神童と呼ばれたそうだよ」

「まさか……ディアも」

「間違いないだろうね。だから、彼女を守るために精霊王が後ろ盾になったんだ」

違う世界で一度生きて、死んだ後に記憶を持ったまま転生？

……なるほど。そう考えればいろんな疑問が一気に納得出来るものに変わってくる。

チョコは以前暮らしていた世界にはあった食べ物だったのか。

「その世界にも精霊はいたんですか？」

「いや、魔法のない世界だったそうだ」

じゃあ、精霊車はどうして思いついたんだろう。

精霊を育てて精霊獣にするという発想はどこから来たんだ？

ディアが精霊獣を育てた頃、ベリサリオには精霊獣はいなかったと聞いたぞ。

「すごいですね」

「え？」

「全く違う世界に独りぼっちで、赤子からやり直したんですよね。馴染むのだけでもだいぶ大変でしょう？」

「そ……うかな？」

「一癖も二癖もあるベリサリオの家族を納得させて、新しい物をいくつも作りだしたんですよ。ああ、家族は知っているのかな。クリスあたりは気付くかもしれない」

「何をあっさりと納得しているの」

兄上がこんな時に嘘をつくとも思えないし、賢王とディアの共通点がわからなくて、どうして精霊王が後ろ盾になったのかと気になってはいたからな。納得するよ。

それに死んだ後にどこかの世界で転生するのなら、若くして死んだ母も、あの時死んだみんなも、記憶はないだろうけどどこかで転生して、今度は平和に暮らしているのかもしれない。

そんなことを考えるのは、残された俺の自分勝手な自己満足だとしても、あんな悲しい最期で全て終わってしまうと思うよりはずっといいじゃないか。

「カミル。帝国は妖精姫を手放す気があるの？　きみを排除しようとする敵が出てきたらどうするんだ？」

「皇太子はディアが他国に嫁ぐかどうか干渉する気はないと思います。ディアに望まない結婚をさせられるやつは誰もいないですよ」

まさか反対されるとは思わなかった。

ルフタネンだって、妖精姫が来たら助かるんじゃないのか？

まだ恋とか愛とか、そういう感情が自分にあるかはわからないけど、政治的な面でも経済的な面でもマイナスにはならないだろう？

「妖精姫と話をしたい」

「え？　今？」

「私達が彼女の正体を知っていることは、早めに伝えておいたほうがいいだろう」

「兄上、まだ何も決まっていないんですからね。俺が立候補したってだけの話なんですよ」

「どんな子か知りたい」

俺の話を聞いちゃいないな。

しょうがないなあ。保護者としては心配なんだろうけど、この状況で会わせて大丈夫かな。

兄上が納得しそうにないので、ディアが寝ていることを半分期待しつつ、迎賓館に転移して話をして、夜中近くだというのに会ってもらえることになった。

兄上を連れて部屋に向かうと、ソファーの端っこにブランケットをすっぽりとかぶったディアがいた。

ブランケットから、乱れて跳ねた金色の髪に縁取られた眠そうな顔が見える。

視線を下に落としたら、足の指だけがブランケットからはみ出していた。

可愛い。

小さい指も、ちょっと機嫌悪そうにむすっと唇を尖らせているのも可愛い。

眠いせいか、いつもより幼く見える。

でもそんなことは兄上には関係ないらしい。むしろ見た目が可愛いから俺が騙されるんだと思っているのかもしれない。

「記憶を持ったままこの世界に生まれた転生者なんだよね？」

兄上の言葉に、ディアも彼女の精霊獣も一気に戦闘態勢に入った。

異世界の記憶があると知ったら、彼女を欲しがる国は更に増えるだろうから、彼女が身の危険を感じるのは仕方ない。

きっと誰にも知られないように、今まで注意して生きてきたんだろう。

「経験豊富で男の扱い方だってよくわかっているだろう。きみが対処出来る相手じゃないんじゃないかな」

それなのに兄上はとんでもないことを言い出した。

俺を諦めさせたいからといって、本人の目の前でそんなことを言うか？　思わず拳を握りしめたぞ。琥珀様が現れなかったら、殴っていたかもしれない。

王太子を殴るのはさすがにまずいので、精霊王が現れてくれてよかった。

瑠璃様と琥珀様に挟まれてディアが座っていると、親子のように見える。

今は俺より、精霊王のほうがずっとディアに近い存在なんだろう。

それは兄上にとってはかなりの衝撃だったようだ。

俺達兄弟はルフタネンの精霊王とかなり親しい。特にモアナとの関係は、ディアと精霊王達の関係に近いものがあると思う。

でもそのモアナさえ、俺達に接するのと同じくらい親しげにディアに接している。

精霊王にとって、異世界からの転生者はそれほどまでに特別なんだ。

「十一歳の子供に向けて枯れているって言ったんですよ。前世の記憶があるから年齢は関係ないと思っていたとしても、独身の女性に対して、この王太子は性的な話をこれだけの人数がいる前で、しかも私を侮辱する内容で話したんです。ルフタネンではこれが常識ですか？」

「う……」

兄上は俺が立候補しただけでディアにはその気がないとわかって、ようやく冷静さを取り戻したようだけど、少々失言がひどすぎた。

精霊王まで怒らせて、妖精姫の機嫌を損ねて、俺だって今回ばかりは呆れ返っている。

「兄上、ディアが許してくれなかったら……しばらく帝国で暮らします」

兄上にだけ聞こえるように小声で呟いたら、勢いよくこちらを振り返った。すぐに正面に顔を戻したけど目が泳いでいる。

きっと今、頭の中ではどうすればいいか必死で考えているんだろう。

しかもディアが病弱で、恋愛さえ知らず若くして亡くなったと聞いて、顔には出していないけど兄上はだいぶ自分の行動を後悔したようだ。

「ディアドラ嬢、大変失礼なことを言ってしまい、申し訳なかった」

王太子が深々と頭を下げちゃったよ。

それを見て、今度はディアが慌てだしている。

俺としては、もっと怒ってもいいと思うぞ。

「兄上は大変失礼なことを言って、妖精姫と精霊王を怒らせたんですよ」

兄上と一緒に王宮に転移してから、待っていたタチアナ様にさっそく報告してやった。

彼女に叱ってもらうのが一番効くはずだ。

「なんで言いつけるのかな」

「言いつけているんじゃなくて報告しているんです。明日からもベリサリオとは会うんですから、事情を知らなかったらタチアナ様が恥をかきます」

「妖精姫を怒らせる?! 何をしたんですか??」

カカオを大量に購入してくれるお得意様だし、あんなに可愛らしい少女が囮になってくれると聞いて、タチアナ様はだいぶ恩を感じているようなので、ディアを怒らせたと聞いて顔色を変えた。

「カミルが妖精姫と結婚したいなんて言い出すから……」

「まあ！　素敵!!」

そうだよな。普通はこういう反応になるよな。

自分で言うのもなんだけど、今ルフタネンで妖精姫と縁組を勧められる立場にいるのは俺だけなんだ。その俺が政略結婚を周囲に言い出される前に、自分から進んでディアがいいと言い出したんだから、国をあげてバックアップしてくれてもいいはずなんだ。

「兄上はディアが俺を騙しているって言い出して、彼女を傷つけたんですよ。彼女はまだ誰とも結婚なんて考えていないのに」

「ラデク？」

今はもう冷静になっている兄上は、両手で顔を覆って寝椅子に撃沈している。

そこに冷ややかなタチアナ様の声だ。ある意味修羅場だな。

「兄上、冷静になったところでよく聞いてください」

「……うん」

「帝国では成人しないと婚約出来ないし、十八にならないと結婚出来ないんです。つまり俺がディアと結婚することになっても、それはまだ七年も先なんですよ」

「……うわ。そうだ。そうだった。うわあああ」

寝椅子の上で左右に体を揺らして、恥ずかしさと焦りで悶えている兄上に更にとどめを刺す。

「まさかと思いますけど、俺が婿入りすると勘違いしていませんよね？」

ぴたっと兄上が動きを止めた。

「俺は公爵ですし、ディアは上にふたりも兄がいるんですよ」

「でも……危険」

「精霊王はディアが悲しむようなことは嫌がるでしょう。たぶんディアと婚約するなんて話になったら、ルフタネンと帝国の精霊王が協力して守ってくれますよ」

「カミル、私は応援しますわ」

「ありがとう、タチアナ様」

「ううう……まさか結婚なんて話が、こんなに早く出るとは思わなくて……」

俺とタチアナ様に呆れた顔で睨まれて、兄上はだいぶ落ち込んでいた。

おかげで俺を全面的に応援してくれることになったから、結果としては良しとしよう。


フェアリーカフェの物件は無事に見つかり、ディアがルフタネンに来て三日目。彼女を囮にしないで済まそうとする計画を、ディアは許してはくれなかった。

「中途半端なことはしないでちょうだい。今回のことは精霊王に頼まれたことなの。邪魔をするなら別行動をしてもらうわ」

ディアが帝国で起こった毒殺事件の現場にいたとは知らなかった。

あの時は大勢の人が亡くなったはずだ。現場はすさまじいことになっていただろう。きっと何度もその現場を思い出して、眠れない夜を過ごしたはずだ。

それを乗り越えて、怖がらずにまた同じようなことになるかもしれない場所に、自ら進んでいこうとする決意と度胸は並大抵のことじゃないはずだ。

たいていの人間は命を狙われていると聞いただけで震え上がるものなんだぞ。

「やつらが私を手に入れるために帝国にまでやってきて、誰か知り合いが巻き込まれでもしたら、私は一生後悔するわ。そんなのは絶対いやよ。男だったら覚悟を決めなさいよ。あなたが守りたいのはなんなの？」

ああ、くそ。ディアの言いたいことがわかってしまうのが悔しい。

いつまでも血まみれのメイド長の夢は見るのに、自分が殺した相手の夢は一度も見ないのは、なぜなんだろうと考えたことがある。

答えは簡単だ。

その時の決断と行動を、納得しているかいないかだ。

あの時、あの男を殺さなければ俺が殺されていた。

あいつは俺の大事な人達を殺した犯人でもあった。

また同じ状況になったら、迷わずにまた同じ行動をとるだろう。

だから夢を見ないんだ。

一番つらいのは、自分を許せなくなることだ。

それがもう取り返しのつかないものだとしたら？　自分の行動のせいで大事な人を失ったら？

一生自分を許せないだろう。

「確かにきみの言うとおりだ」

ディアは強い。

きっと前世でやり残したことがたくさんあって、それをすごく後悔したんだろう。

だから今度は、やれることは全て全力でやりたいのかもしれない。

でも彼女はまだ少女で、見ていて危なっかしくて、出来るだけ安全な場所にいてほしいと思ってしまう。

もし彼女が傷つくようなことがあったら、俺は一生後悔する。

精霊王が守れない部分があるのなら、それは俺が守らなくては。

「よし。午後は街を歩くわよ」

拳を握り締めてディアは決意していたから俺も覚悟を決めたのに、ディアはやっぱりディアだった。

そんなに土産がいるのかよと何度も聞いてしまったほどいろいろと買い込んで、当然選ぶのに時間がかかって、買い物が終わって精霊車に戻った時には、街が夕焼けに包まれていた。

これは俺のせいじゃないぞ。

夢中になって買い物をしていたのは、ディアだからな。

「お昼じゃなくて、この時間にあの草原に行けばよかったんじゃない？　夕日に染まった街と海を一望出来るのよ」

「たしかにそうだ。これから行こう」

ディアが言い出した時にすぐに移動したのは、あの草原からの夕焼けが本当に美しいからだ。

丘の上の草原は端の方が斜面になっていて、緑の絨毯の向こうに赤く染まった街と、その先に広がる海が一望出来る。

夕日は街を金色に染めて海の向こうに沈んでいくんだ。

北島に来てサロモンがこの場所を教えてくれてから、俺はたまにひとりでふらりとこの場所に来ていた。

「すごく綺麗」

ルフタネンの町娘の服装のディアを、夕日が照らしていた。

風に吹かれて揺れる髪が黄金色に輝いて、紫色の瞳をきらめかせて街を見るディアから目を離せなかった。

「来てよかっただろう？」

「よくないわよ！　カミルあなたね」

振り返ったディアと目が合った時、突然、胸の内側を誰かに捕まれたような気がした。

苦しいとか痛いとか嫌な気分じゃないのに、一気に体の隅々まで魔力が流れて臨戦態勢になったみたいに、ドキドキと胸が速く脈打っている。

これはなんだ？

「カミル？」

一枚の絵画になりそうなほど、夕焼けに染まったディアは美しかった。

自分がこの場にいると、せっかくの美しい世界を壊してしまうんじゃないかと思ってしまうほどだ。

でも彼女はこれだけ可愛いのに平気で変な顔をしたり、食い意地が張っていたり、妙なところで抜けていたり、気取らなくて話しやすい。

きっと俺のように、ディアと一緒にいるのが楽しいと思っている男はたくさんいるだろう。その中にはディアを好きなやつだっているはずだ。

「あのね、自分の気持ちをよく考えなさいよ。一緒にいて楽なやつなんて友達みたいな相手と結婚したら、本気で好きになった相手が出来た時に後悔するわよ」

わかってない。本当に何もわかってない。

男は女の子のことを友達としてしか見ていないなんてありえないってことを。

「ああそれと、転生のことはお兄様達には話してあるから、あなたと王太子に知られていることは報告するから」

「両親には話していないのか？」

「もう日が沈んだわ。空が藍色になってきた」

「ディア。あんな素敵な両親なのに、なぜ話さないんだ？」

俺は両親に会ったことがない。

母親は死んでいたし、前王は俺が王宮を訪れた時には、病気療養ということで別の場所に軟禁状態だった。

自分の命が大事で、すべて王太子に押し付けて自分は避難していた男だ。会いたいなんて思ったこともない。

だけどディアは違う。彼女を大事に思う家族がいるじゃないか。

なぜ兄貴達には話して両親には話さないんだ。

「小さな頃はうしろめたかったのよ。若くして死んで、きっと両親をすごく悲しませたのに、私は転生して新しい両親が出来て、ふたりのお兄様もいて、毎日とても幸せだった。家族を裏切って、自分だけ幸せになったような気がしていたの。それにベリサリオの両親にも申し訳なかったわ。前世の記憶を引きずって、前の両親を思い出して泣いた時もあるのよ。ディアドラの、今の私の両親はすぐ近くにいる彼らなのに」

そんなことを考えていたのか？

死を経験するなんて大変なことだろう？

新しい世界に記憶を持ったまま生まれたってことは、話せず動けない小さな体に閉じ込められた気分にならなかったんだろうか。

それだけでも大変だろうに、残してきた家族を想い、新しい家族との関係を築いていかなくちゃいけなかったんだぞ。

だけどこの世界には精霊がいる。

きっと彼女が泣いている時にも、精霊達は傍に寄り添い、彼女を慰めていたんだろう。

これからも彼女は、つらい時にひとりで抱えようとするんだろうか。

だとしたら俺は……。

「でももう、吹っ切れたんだろう？」

「そりゃ十年以上たっているからね。今はもう、私の両親はベリサリオのお父様とお母様だけだと言い切れるわ。でもほら、言いそびれると話しにくくなるじゃない」

「ああ……わかる」

弱音を吐いたことが照れくさいのか、急いで話題を変えようとするディアは、さっきとは打って変わって年相応の女の子の顔をしていた。

それに少しほっとして、でも胸がまだざわざわして、ずっと落ち着かない気分だった。


結局ディアはもう一泊北島に宿泊し、翌日、両親と一緒にベリサリオに帰った。

その時に俺も一緒にベリサリオまで同行し、そこから転送陣で皇宮に向かった。

明日にはベリサリオ辺境伯とパウエル公爵が皇太子に報告を行うことになっているそうだが、その前に、出来るだけ早く、ルフタネン側から感謝を伝えておきたいからだ。

いくら精霊王が妖精姫に依頼したと言っても、互いにそれは建前だとわかっている。今後のことを考えて、挨拶はしておかないわけにはいかない。

アゼリア帝国の皇都は巨大な街だ。

ルフタネンの王都の倍近くあり、冬が寒い気候のせいか開口部の少ない重厚な石造りの建物が並んでいる。

皇宮から見る夕焼けはかなり迫力があるんだが、あの草原から見る景色の方が俺は好きだな。

ベリサリオの城から見る夕焼けはその次ぐらいに好きだ。

生まれてからずっと海の傍で暮らしていたせいか、高い場所に立つと無意識に海を探してしまう。

第三王子と相対したのも海岸だった。

モアナの怒りのせいで、波の音がいつもより大きく響いていた。

「さあ姫、こちらにいらしてください。その男は生まれの卑しい男なんですよ。一緒にいても不幸になるだけです」

あの男が図々しくディアに笑顔を向けて手を差し伸べた時、殺意が湧いた。

よくもまあ、ぬけぬけとふざけた台詞がはけたものだ。

全く相手にしないで、少しだけ俺に近付いてきたディアのおかげで、一瞬で殺意は消えたけどな。

第三王子達が砂に変わるところを見せないために、抱き寄せた彼女の肩の細さに驚いて、やはりなによりも彼女を守ることを優先しなくてはと思って、他のことはもうモアナに任せてしまえばいいと思った。

殺意も怒りも悲しみも、全て過去のことだ。

成長途中の俺の腕でもすっぽりと抱き込んでしまうほどに華奢なんだぞ。

本気で腕を掴んだら折れてしまいそうな体に、とんでもない魔力と行動力を無理やり押し込んでいるような彼女は、女の子だとかかわいいとかいう以前に、ひとりの人間としてすごすぎて尊敬してしまう。

彼女を守るために抱きしめていたのに、腕の中のぬくもりに結局俺が守られていた気さえする。

「ここにいたのか。待たせてすまない」

テラスの欄干にもたれていた俺を見つけたアンディが、ひとりでテラスに出てきた。

あれ？　ついこの間会ったばかりだというのに顔つきが違う気がするのは気のせいか？

ずいぶんとすっきりと、吹っ切れたような顔をしているな。

「なんだ。ディアがルフタネンにいる間に心境の変化でもあったのか？　ずいぶんと吹っ切れた顔をしているな」

「……うそだろ」

「なにが？」

「俺も今、同じことを考えていた。ずいぶんと吹っ切れた顔をしているじゃないか」

アンディは掌で頬を擦り、苦笑いを浮かべた。

「勘のいい男だな。婚約相手を決めた。もう相手にも話した」

「それは、おめでとう。……本当にディアとは結婚しないんだな」

「おまえまでそんなことを言うのか」

隣に並んで欄干にもたれたアンディの赤い髪が、夕焼けに染まって燃えているように見える。

ディアの理解者のひとりである彼が、彼女にいっさいの恋愛感情を持たないのが、俺には不思議でしょうがない。

「おまえのほうは？　作戦はうまくいったんだろうな」

「おかげさまで」

「ディアに結婚の承諾は得られたのか？」

「そんな簡単に行くか」

「ははは。だよな」

夕焼けが消え始め、街が群青色に染まり始めていた。

ここから見る皇都が一番美しいのはこれからの時間帯かもしれない。

光が溢れる巨大な街は、一見に値する迫力だ。

「どんな子なんだ？」

「一緒にいて安らげる子だ。皇帝と皇妃はなによりも国のことを考えるべきで、家族愛や安らぎなんて優先させるのはおかしいんだろうが、彼女といる時間だけはひとりの人間でいられるんだ」

「……素敵な相手だし、休める場所があるからこそいい仕事が出来るんだろうと思うんだが」

「なんだ？」

「おっさんくさいな」

十代の男が安らぎを求めるって、そんなに大変な毎日を送っているのか？

もう少しわがままを言ったり、休んでも、誰も皇太子に文句など言わないだろう。

「なにがおっさんだ。おまえと三歳しか変わらないんだぞ」

「わかってるって。中身の話だろう」

「おまえこそ、よくディアと結婚しようと思えるな。全世界に注目されて、命を狙われて、しかもディアは何をしでかすかわからない。気が休まらないだろう」

「そうか?」

一緒にいて楽しくて、離れている時も旅先などで、次は何を持っていけば喜ぶだろうかと考えるのは楽しいぞ。

俺は、彼女がいつでも全力でぶつかっていけるようにしたい。

城に閉じ込めてしまったら、勿体ないだろう?

「そんな彼女を、一番近くで見ていたいと思うんだ」

「ディアを守りたいってことか? あいつは最強だぞ」

「違うよ。どちらかがどちらかを守るとか、どちらかのために生きるとか、そういうことじゃないんだ」

ディアの求めている関係って、そういうんじゃないんじゃないかな。

そういう関係になるためにも、俺は今のままでは駄目なんだ。

「本気か」

「もちろん」

「……まあ頑張れ。応援はしないが邪魔もしない」

「それで充分だ」

まずは第一関門を突破しなくては話にならないんだが、それが何より難しそうなんだよな。

自分は男にとって魅力的な存在なんだって、どうやったらディアに自覚させられるんだ？

そもそも恋愛感情がどういうものかわかっているのか？

俺もその辺りは、ちゃんとわかっているか怪しいけども。……でも。


さっき別れたばかりだというのに、もう会いたくなっている。

帰りにベリサリオに立ち寄って、顔を見てから帰ろうかな。

あとがき

この小説の一巻が出版されてほぼ一年。つまり私が作家デビューして一年が経ちました。

こうして巻数を重ねることが出来ているのも、読んでくださる皆さんのおかげです。ありがとうございます。

五巻はネット掲載されているルフタネン編に四万字ほど加筆をしました。

全巻加筆していらっしゃる作家さんや、一巻丸ごと書き下ろしをしていらっしゃる作家さんがいるので、そのくらいは書けて当たり前なんでしょうが、ルフタネンのあの何日間かで書く内容があるだろうかと心配もありましたし、なにより締め切りまでに書きあげられるかというのが不安でした。

私はなろうに小説をアップする前も、ずっと同人活動をしていまして、別のサイトに二次小説をアップしていました。

その時にありがたいことに、アンソロジーにお誘いいただいたことが何回かあったのですが、全てお断りしていました。

理由はただひとつ。締め切りを守る自信がなかったからです。

ご迷惑をおかけしてしまうよりは不参加でと二の足を踏んでいました。

自分だけで本を作るのは他人に迷惑が掛かりません。ネットに小説を投稿するのも自分のペースで出来ます。でもいつまでに書かなくてはいけないとなると、書けないのではないかと思っていました。

それが今では作家になって、本を出版するたびに校正やSS、このあとがきにも締め切りはあります。やれば出来るものです。

最初から無理だと決めつけないで、やっておけばよかったなと今になって思います。

でも今でも締め切りまでに書かなくてはいけないものがあると落ち着きませんし、さっさと書いて楽になってしまいたいと思います。

依頼されてから提出するまでの時間は、かなり早い方だと思います。


妖精姫と結婚すれば国のためになるし、話しやすい相手だしと立候補したカミルと、気にはなるけどお友達のひとりだと思っていたディアが、一緒に過ごす間に互いを意識し始めるシーンを増やしたつもりですが、いかがでしたでしょうか。

ディアはまだ、あいかわらず我が道を行っていますけども。

どんなにシリアスなシーンでも、ディアがいると暗くならなくてありがたい主人公です。

コミカライズ第一話

漫画：はな
原作：風間レイ
キャラクター原案：藤小豆

今度こそ
まっとうに
生きて
家族に娘らしい
ことをして
恋愛がしたい
普通で
いいの
もう一度
人生を
やれるんだから
私は恋が
してみたいんだ！
――のはずなのに……
ぐっ
ぐ…

――迎えに来ただけだが？
精霊王様
まさかこのままディアを精霊の国に連れて行ってしまおうなんて思っていません？
おまえは家族と別れて精霊の国に来る気があるのか？

どうしてこうなった!?

あなた
ちゃんと寝てますか？
野菜食べてますか？
運動してますか？
私
野菜は食べてました
OYASAI
……朝？
ん？
動けない?!
ま
ち
…この手はなあに？

ちっちゃい!!
ぷよぷよ!!
天井高い!
妖精の絵?
なんか豪華!
ぱッ
なにこれ
キューピー
!?
って
天蓋!?
初めて
見たよ…
サァァァァァァァーーーッ
も…
ももも…
もしや…
ここは
私の部屋じゃ
ない…!?

今はいつ？
ここはどこ？
私は誰!?
――私は
某メーカー物流オペレーター勤務の普通のOLだった
ちょっと上昇志向もあったけど
いつの間にか趣味のほうが大事になっていた
よく分かるパソコン
出してたんです
薄い本
原稿で徹夜《てつや》続きは当たり前
それで脳の血管に血の塊《かたまり》が詰まってしまった
……らしい

まだアラサーよ…
さすがに親に申し訳ないわ…
パソコンの処理は頼んだよ妹…
なのに
自分はのうのうと生まれ変わってどうやらいいとこのお嬢様
まじ申し訳ない
そうして2日ばかりうじうじしていたけれど…

これはまぎれもなく
夢じゃなくて
現実だ…
もう腹を
括《くく》るしかない
もう一度
人生を
やれるんだから――
今度こそ
親より
長生きして
恋するぞ!
ぐっ
えいえい
おーーっ!!
おおーー

転生して
5日———
この間に
いろんなことが
わかった
初日の
夕刻
初めて
家族と
対面したの
うちの
お母様は
世界
トップランクの
綺麗《きれい》さで
お父様も
すごい
美形で
SNSで
話題になりそうな
容姿をしている
わぁ

5歳の長兄
クリスは
透明感のある
美しさとでも
いえばいいん
だろうか
かわいいね
早く一緒に
遊べるよう
なりたいなぁ
天然の
フォーカス…
可愛いのは
あんただ！
次兄のアランは
まだ2歳だけど
体が大きくて
すっ

!
お兄さんに
なったのが
嬉しいみたいで
ちょくちょく
私に話しかけたり
手や顔を
触ってくる
ギュム
ほのぼの
そして
驚いたのが
彼らの服装
ね 天使でしょ

ここは中世ヨーロッパだったの？

やめようよ…ドレスは体に悪いよっ
今日は長生きしたいよ…っ
あれ？

でも照明に使っているのは蝋燭《ろうそく》じゃないよね…？

ふわふわ飛んでるのなんだろう…？

とにかくわからないことが多すぎるから会話を聞き逃さないようにしたり絵本を読んでもらったり…

暇《ひま》だったしね…覚える時間は嫌ってほどあったの…

そうやって集めた情報によると——…

ノーランド
チャンドラ候
グッドフォロー公
東部
皇都
中央
パウエル公
ランプリング公
オルランディ候
コルケット
カーライル候
エドギンズ
ベリサリオ
ヨハネス候
ブリス
南部
マイラン
海峡
私がいるのはアゼリア帝国という国らしい
我が家はベリサリオ辺境伯家
私はディアドラ・エイベル・フォン・ベリサリオ
辺境伯ってなに?
身分的にはどのくらい?
しかもここ地球の中世ヨーロッパじゃないんですよ

――だって みんな魔法を使っているから
正確にいうと魔法を使うのは精霊で
貴族の全員が契約を結んだ精霊をいつも連れ歩いている
最初綿埃《わたぼこり》かと思ったよ…
ぱァ
いつの間にか私のそばにも水色の光が浮いていた
水の精霊らしい
おねしょしちゃうのはこいつのせいだよ…きっと……
早く大人になりたい…
見てくださいっ
お嬢様にもう精霊が!

おおっ さすが我が娘！
これは魔力の高い子になるな！
ふふ 楽しみね
魔力！知ってる！
使い切ると量が増えるんでしょ！ネットで見た！
バタ
バタ
筋力だって手足を使うと増えるし体力だって運動すると増えるもんね！
じゃあ増やそうじゃないかっ!!

そうして 私は
とんでもなく
やかましい
赤ん坊になった
うん
うん
赤ん坊の学習能力はんぱないよ……
玩具の魔法具を順番に動かして魔力を放出する
ギ
ギ
音楽の中
水色と赤色の精霊が
ふわふわと
踊るように
揺れて
んう
お
ゴッ
ガン
う
柵をがたがた蹴りながら
手をバタバタさせつつ
単語を羅列《られつ》する
ひ〜〜っ

魔力を使う時は
まず 精霊に
少しあげるの
♪
強い魔力を
持つ人には
強い精霊が
宿る……らしい
私の精霊も
少し
大きくなった
気がするな…
赤いの増えたし
ベッドから下ろして
もらえるように
なるのも早かった
嬉しかった
よ～～～！
床におろして
もらえれば
こっちのものよっ

ねぇ〜
おじょうさま〜っ
たっ
たっ
その日のうちにハイハイしたよ
摩擦《まさつ》で膝《ひざ》がすりむけたら
ポワ
精霊に回復してもらってまたハイハイ
ハイハイして3日目につかまり立ちに挑戦
スッ
すぐ成功！
生後半年が過ぎた頃には歩き出していた
嬉しい〜!!
ヨロ
ヨロ
1歳になる頃には舌足らずだけど会話も！

早すぎたね 異常だったね 我慢できなかったんだもん…
でも おかげで まずいことに なってしまった…
ごくり‥
キャッ
まだ 1歳なのに もうお話が できるなんて ……っ
精霊もすでに 2属性も! ティアドラ様は 特別なお嬢様 ですわっ
今度のお茶会で 陛下にそれとなく お話しして みようかしら…
第1皇子が クリスと同じで 今年6歳 第2皇子が 2歳だったかな…
皇族に娘を 嫁《とつ》がせられるほど うちって身分が 高かったのか…!?

皇族に嫁ぐなんて無理！
いい
かけ引き
作法の勉強
お茶会への参加
スト
拷問《ごうもん》でしょそれは……っ
はわわっ
何か策を考えなくてはっ！
3歳になった時
とんでもないことに気づいてしまった
TVもネットもない世界で余暇《よか》に何をするのかって
すぐ寝なさいって言われちゃうし……
昼寝してるから眠くないのに

ゴロン
あれ？
何か光っ――…
ピッ
うわっ 懐かしい… 日本語だ
ドキドキ
あいうえお
かきくけこ
さしすせそ
たちつてと
なにぬねの
はひふへほ
まみむめも
やゆよ
らりるれろ
わをん
ヴォンッ
!?
アナザリア
建国について
歴史
芸術
産業
歴代の皇帝
貴族について
ピッ

チートか
チートスキルか？
これウィ〇ペディアだ……
おかしい…
なんでこんなものを持たせて転生させるの？
石投げて当てたらその人をくれるとかそういうスキルない？
よっ
ブーン
ウィ〇ペディアよりそっちがいい
トス
ひとりでいいのよひとりで…
ヴィィィ…
でもまぁ…もらえるモノはありがたくもらっておくわよ
暇つぶしに読むものができたしねっ

アゼリア帝国
ベリサリオ辺境伯
現在国を治めてるのは
女帝エーフィニア
御年28歳
彼女の右腕は旦那《だんな》であり
元公爵家次男だったマクシミリアン将軍
ふたりは理想のカップル…らしい
目次
◀戻る

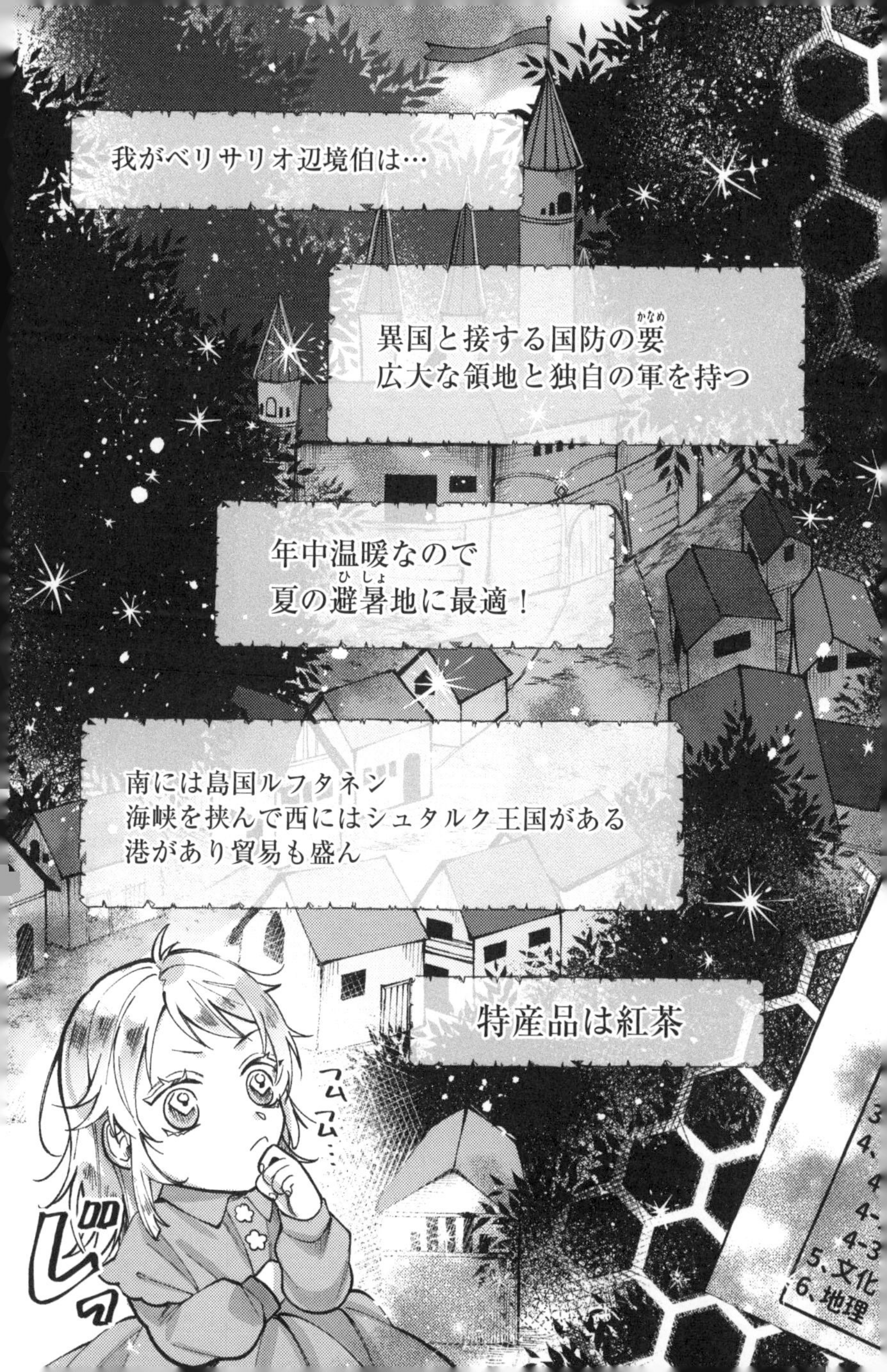
我がベリサリオ辺境伯は…
異国と接する国防の要《かなめ》
広大な領地と独自の軍を持つ
年中温暖なので
夏の避暑《ひしょ》地に最適！
南には島国ルフタネン
海峡を挟んで西にはシュタルク王国がある
港があり貿易も盛ん
特産品は紅茶
ムムム…
4-3
5、文化
6、地理

ちなみに
広大な領地を
うちだけで
治められないので
伯爵や
下位貴族に
土地を分け
街には領主を置いて
管理している
だから
うちの領地にいる
貴族たちにとっては
ベリサリオ家は
直属の主君ってわけだ
主だった貴族が
自分のうちの子を
皇族の側近や侍女に
出したがるように
うちのお兄様達の
元にも貴族の子たちが
いつも顔を
出してるしね
私はたぶん
あと2年くらいは
平和に生きられると
思うの…
それまでに
腕力はつけて
おいたほうが
いいかもしれない
それから
月日は流れ——…

3歳になりました
絶賛ベリサリオ家の問題児私ディアドラです
名前からして悪役でしょういいけども
ダッ
ダッ
ダッ
上が男ふたりだったから女の子に対する夢と希望が膨らんでたのね…
BRO'S
問題は
普通のお嬢様って行動範囲が狭いのよ
SISTER
それをものの見事に粉砕してやったわ!
はっはっはっ…はぁ…

ルンルン♪
ルン♪
廊下を駆《か》けてはいけないと言われたので
ちゃんとお外で走ってますよ！
ただメイドか執事がひとり以上護衛がふたり以上もれなくついてくる
お父様の執事の孫でまだ11歳のレックスって子
嫌な顔せず丁寧に扱ってくれるし私の考えもちゃんと聞いてくれる
またこけて…
あっち行くの！
いいやつなんだよ無茶ばかりでごめんね…
フキ
フキ

今日も護衛ふたりを連れて訓練場へ
レックス
ダナ
のびっ
ちゃんと準備運動だってするよ！
ラジオ体操第1！
ちゃっちゃらちゃっちゃー
ちゃっちゃららー
脳内BGM
これなら運動嫌いな私でもさんざんやらされたから覚えているし
いっちにーさんしーっ
体も温まるしね～
ディアドラ様いつもしている運動はなんですか？

準備体操
ほお!
初めて見る体操ですがご自分でお考えになられたのですか?
へらぁ
……なんとなく?
一緒にやらせていただいてもいいですか?
スッ
へ?
なんでなんでなんで?!
そんな気になるような動きしてた!?
もしかしてダナが目当てか? そうだろ!
かわいいもんね!
わぁ
ばっ
ぎゅっ

その体操
非常に理《り》にかなっていると思われます！
そうなの？
はいっ
ぜひともご教授ください！
まぶし～
あ 真面目だった ごめん
3歳児なのに心が汚れてた
だいいちたいそう！
いちにっ
ハイッ
次は手をこうっ
ハイ
だめ
足ちがう
ビビ
シッ

これはなかなか…
え？そういう動きだったのか？
ポカ
ポカ
体が熱くなってきたな
冬は特に訓練の前にこれをやるといいんじゃないか？
誰かディアドラ様に教わってマスターしろよ
待って？
え？
これを騎士団で採用するの？

え…つまり
私 異世界転生して…
んん…？
はっ
最初にしたのが『ラジオ体操伝授』ってこと…？！
そっそれはいやーーーッ!!
ギャッ
もうすぐディアドラの誕生会だなぁ…
えぇ？

転生令嬢は精霊に愛されて最強です
……だけど普通に恋したい！ 5

2021年4月1日　第1刷発行

著　者　風間レイ

発行者　本田武市

発行所　TOブックス
〒150-0002
東京都渋谷区渋谷三丁目1番1号　PMO渋谷Ⅱ　11階
TEL 0120-933-772（営業フリーダイヤル）
FAX 050-3156-0508

印刷・製本　中央精版印刷株式会社

ISBN978-4-86699-176-4